Et tes larmes retenir

CHARLOTTE ORCIVAL

Et tes larmes retenir

roman

HARPERCOLLINS FRANCE

83-85, boulevard Vincent-Auriol, 75646 PARIS CEDEX 13.
Service Lectrices — Tél. : 01 45 82 47 47

www.harlequin.fr

ISBN 978-2-2804-1989-5

À Sylvain
qui « malgré tout ça est toujours là ».

NEW YORK

Oh ! but maybe I'm just too young
to keep good love from going wrong.

Jeff BUCKLEY, *Lover,*
You Should've Come Over, 1994

Chapitre 1

C'est de dos que cela s'est passé. La finesse de son cou, de ses épaules. Je l'ai reconnue grâce à cette image fixée dans ma mémoire. Elle avait grandi, une liane infinie avec des nouvelles rondeurs de poitrine et de hanches. Mais c'est en croisant son profil que tout s'est définitivement imposé à moi. Comme à l'époque. Comme il y a si longtemps. Une évocation de mon passé. Un flash de ma jeunesse. Quelqu'un que j'avais peu à peu oublié. Le souvenir qui l'a emporté ensuite, c'est la manière dont je l'avais laissée tomber. Comme une merde. Inévitablement. J'étais comme ça à l'époque. Et je peux dire que j'avais changé.

Nous étions exactement un mois après le 11-Septembre 2001. Dans une file d'attente d'aéroport. Et elle n'était pas seule.

Comment aurait-elle pu l'être ? Comme un aimant, ce mec, ça se voyait. Il la couvait des yeux. Il la touchait dès que possible. Une main dans le bas du dos pour avancer dans la file. Une mèche de cheveux délicatement passée derrière l'oreille. Comme si elle avait besoin de quelqu'un pour la coiffer et lui donner de l'allure. Et moi, j'étais là, à me demander s'il y avait une chance, la moindre chance pour qu'elle me reconnaisse elle aussi, si nos regards se croisaient.

Roissy. Vol American Airlines. Un mois après les attentats qui avaient bouleversé le monde. Visiblement, elle avait la même destination que moi, puisque nous étions dans la même file d'enregistrement : New York. Qui allait à New York et pourquoi, après ces moments-là ? Je me le demandais.

Moi je savais.

J'allais bosser. Faire un shoot photo pour une série *Marie-Claire* et une autre pour *Allure*. Et j'y retrouverais des amis.

Mais elle ?

Anna avait été une part importante de ma longue et lente et difficile adolescence. Quand j'avais croisé son chemin dans ma petite ville et petite vie, ça avait secoué mes fondations. Il existait donc une personne avec qui je pouvais être moi-même. Une individualité proche de la mienne. Elle était jeune, mais c'était une vieille âme. Et mes tortures et délires d'adolescent avaient trouvé un écho, un refuge, une première muse. Mais avant d'être touché par son âme, c'est son allure qui m'avait emporté. Et je pouvais aussi me rappeler qu'accessoirement, elle avait été ma première fois.

Moi aussi, j'avais été son premier amant. Et elle était là, à trois mètres devant moi, dans une file d'enregistrement d'un vol pour New York, au départ de Roissy.

J'avais trente-deux ans.

J'étais l'ex-mari de quelqu'un.

J'étais le père de Malo, cinq ans. Que je laissais à Paris pour deux semaines entières.

J'étais un photographe de mode.

J'avais arrêté de peindre, de dessiner, au profit de la photographie.

Je buvais un peu, je fumais trop, je sortais pas mal... Et cet après-midi-là, trop matinal, bien trop matinal, j'avais une gueule de bois carabinée, des heures de sommeil en retard que même l'éternité ne me permettrait pas de rattraper et une chemise vraiment douteuse. Style débraillé included. Si vous aimiez ça, ça pouvait être chic. Mais là, je me sentais plutôt crade, en fait.

Anna et son mec approchaient maintenant du comptoir d'enregistrement. Je les regardais se parler. Elle était souriante, je l'apercevais de temps à autre, quand son profil se tournait un peu. Il aurait suffi qu'elle bouge davantage, qu'elle se tourne complètement et là, peut-être, elle m'aurait vu.

Bizarrement, je ne l'espérais pas. Allez savoir pourquoi, mais je n'avais pas envie de la retrouver. Je n'avais pas envie qu'on se parle. Je n'avais pas envie de vérifier si elle allait me reconnaître ou pas. Je n'avais pas envie de savoir quel souvenir elle avait gardé de moi. Je ne voulais pas faire face à Anna Sobieski, dans cette file, à cet instant, avec mon cerveau en vrac et ma vie encore pire.

Le retour en arrière que risquait de provoquer cette rencontre fortuite ne me disait rien.

Vannes. Mes années lycée. Cette haine de cette période difficile, dans ce trou, cette province.

Je n'y allais presque plus. Depuis longtemps. Cela faisait souffrir ma mère, je le savais, mais l'existence que j'avais laissée derrière moi, je l'avais laissée pour de bon. Je n'arrivais pas à faire les passerelles entre ces vies. Mes vies d'avant, ma vie aujourd'hui. Je ne voulais pas mélanger ces mondes-là. Peut-être que j'avais honte au fond. Mais retrouver Anna Sobieski, l'amoureuse de mes seize ans, c'était retrouver quelqu'un qui avait vu qui j'étais avant. Et je ne le voulais pas, moi, retrouver cette personne. Elle m'était devenue trop étrangère.

En avançant dans la file, j'ai détourné le regard et collé mon téléphone à l'oreille pour me donner une contenance. Quand Anna s'est éloignée du comptoir avec un sac et un pas léger, sans parler du mec à ses basques, elle n'a pas tenté un regard dans ma direction. Encore une fois, sans le vouloir sans doute, elle était parvenue à me snober. Voilà quelque chose qui n'avait pas changé.

Je les ai regardés s'éloigner avec une once de regret, elle glissant tranquillement dans ses baskets blanches. Je la trouvais toujours belle, l'adolescente de mes seize ans. Un peu plus grande encore, mais pas trop, un peu plus ronde et mûre, un cran encore plus élégante qu'avant. Avec son port de reine, sa démarche de chat. Le regret était au bord de mes lèvres. Mais voilà. J'avais fait le choix. On arrêtait d'y penser.

— Julien ?

J'ai su, avant de me retourner. Bien sûr. J'ai su et j'ai eu beau réfléchir à toute vitesse, je ne voyais aucune façon de sortir de ce piège. Dans une file d'un magasin d'aéroport, un Relay, à m'équiper de journaux et bonbons pour tenir ce voyage de sept heures, avec la certitude que compte tenu de ma gueule de bois et de ma nervosité, je ne parviendrais sans doute pas à m'endormir. Alors j'étais allé chercher des munitions pour préparer l'épreuve et c'est là qu'elle m'était tombée dessus.

Le son de sa voix. Venu de si loin. Comme un sens retrouvé. Je me suis retourné et je n'ai pas pu m'empêcher de sourire à moitié en découvrant son visage. Elle semblait ébahie de me retrouver là. Moi, je pouvais faire genre. Comme moyen de me protéger. Puisque je savais.

— Tiens tiens, j'ai fait. Toi, ici.

Elle a ri et rougi. Je crois que mon sang-froid l'impressionnait. Et c'est bien ce que j'escomptais.

— Ça fait tellement longtemps, elle a dit à voix haute, mais comme pour elle-même.

J'ai ramassé ma monnaie et je me suis mis à l'écart de la file, à sa hauteur, en attendant qu'elle finisse elle aussi de payer. Elle avait acheté un *Lonely Planet* de New York et un *Voici*. Elle avait l'air gênée par les deux achats et les a glissés très vite dans son grand sac à main.

— Je ne me souviens même pas de la dernière fois, elle a dit.

On a avancé vers l'extérieur de la boutique. Elle était toujours plus petite que moi. Elle était toujours terriblement plus vivante aussi.

— On pourrait peut-être se faire la bise, quand même, elle a dit.

Mais elle a fait plus que cela. Elle m'a étreint puis embrassé les joues. J'étais un peu étonné de cette effusion.

— Tu vas où ? j'ai demandé, connaissant pourtant sa destination.

— New York. Et toi ?

— Pareil. C'est une première ?

— Non non. Et toi ?

— Pareil.

Ça commençait à craindre, nos réponses symétriques et les monosyllabes. Mais j'aurais voulu quoi ? Anna a posé son grand sac informe à ses pieds et s'est mise à y chercher un truc au fond du fond. Ah ! Kleenex. À grand renfort de bruits, elle s'est mouchée sous mes yeux. Au fond de moi, cela m'a amusé. La jeune Anna était encore là. Pas aussi chic que sa jolie tenue le laissait entendre, toujours aussi spontanée et naturelle.

— Excuse-moi, elle a quand même dit, j'ai une saloperie de rhume dont je n'arrive pas à me débarrasser.

J'ai désigné des fauteuils devant notre zone

d'embarquement. Sans un mot de plus, on s'est assis côte à côte. Je me demandais tout à coup ce qu'avait été sa vie depuis nos seize ans. Je me demandais qui elle était devenue. Par quoi elle était passée. Comment elle avait navigué.

— Tu vis où aujourd'hui ? j'ai demandé.

— Paris. Toi ?

— Idem.

— Parisien ? Tu es resté ici après tes études ?

Elle avait l'air surprise.

— Je m'y suis trouvé bien, j'ai simplifié. Alors oui.

J'ai vu ses yeux devenir un peu flous. Son regard se perdait.

— Et toi ? j'ai fait.

— Quoi ?

— Tu es revenue ?

Elle a esquissé un sourire en coin. Revenue. *Back to home*. Car Anna, même si je l'avais rencontrée en Bretagne, avait toujours été une pure Parisienne.

— J'habite à Paris depuis trois ans.

— Et avant ?

— Dijon, Lyon, New York.

J'ai sifflé entre mes dents un petit son, admiratif et ironique en même temps.

— Tu as vu du pays !

— Ne te fous pas de moi...

— Tu as suivi tes parents ? j'ai demandé, cherchant à comprendre mieux son parcours.

— À Dijon, oui. Le reste, ce sont mes pérégrinations d'étudiante et de jeune travailleuse.

Comme un con, alors que j'avais envie de tout savoir d'elle, je lui ai demandé où elle bossait, alors que ce n'était pas, mais alors pas du tout, ce que j'avais envie de savoir en premier.

— Je fais de la com, elle a répondu.

— Pour qui ?

— Des assureurs, AIG. C'est américain.

— Ah.

— Ouais, elle a fait. Ouais...

— Cool ! j'ai fait pour essayer de reprendre le fil. Et ta sœur ? Tes parents, ça va ?

— Ça va. Ça va. Merci.

Elle avait répondu en me souriant de toutes ses dents, mais pourtant, je la trouvais crispée. Peut-être qu'elle était encore plus gênée que moi de nos retrouvailles. Mais finalement, moi, plus les minutes passaient, plus je me détendais.

— Tu vas à New York pour quoi faire ? j'ai demandé.

— Visiter.

— Combien de temps ?

— Quatre jours. Visite au pas de course.

J'ai souri. Ils n'allaient pas chômer.

— C'est pour faire découvrir à Vincent, elle a repris. New York et moi, c'est une histoire plus ancienne. J'ai fait plusieurs allers-retours à une époque où c'était l'épicentre de ma vie.

— Plus maintenant ?

— Non. Finito.

Il y avait de l'amour dans cette histoire-là. Un gars là-bas ? Un Américain ?

J'ai pensé à toutes ces journées que j'avais passées dans la Grosse Pomme, ces dix dernières années. À toutes ces possibilités ratées d'elle, là-bas. Et puis je me suis dit que mine de rien, elle et moi, nous avions été fidèles à nos rêves de voyage. Et que ce n'était pas rien.

Nos rêves. Voilà qu'ils surgissaient à mesure que nous parlions. Anna avait représenté le début des rêves. Mais pas tout de suite. Car lorsqu'elle avait fait irruption dans mon lycée et dans ma vie, moi, du haut de mes seize ans, je l'avais d'abord toisée. Elle était toute petite, treize ans et quelques, un bébé en somme. Mais j'avais très vite eu la confirmation qu'elle était en réalité bien plus évoluée que moi sur presque tous les autres niveaux et, auprès d'elle, j'avais découvert les pouvoirs terrifiants que pouvait posséder une gamine de treize ans. Celui de séduire avec le charme fou qu'elle dégageait, ce mélange toxique d'innocence et de désir. Le pouvoir de faire grandir, car c'est elle qui la première avait su me dire « Ose ». Ose devenir ce putain de mec que tu es au fond de toi. Ce type assurément créatif, absolument pas fait pour rester le cul sur une chaise devant un ordinateur toute la journée et qui se demande comment s'y prendre. Le pouvoir de me faire comprendre d'un simple regard, compris de moi seulement, l'amour qu'elle me portait.

Pourtant, je l'ai mal aimée, cette demoiselle,

avant de l'aimer tout court. Je me suis dérobé, j'ai rejeté l'évidence, j'ai joué avec son désir, j'ai manipulé nos sentiments. Je ne savais pas faire autrement, immature petit con que j'étais, incapable d'assumer le bordel qu'était cet amour. Et puis un jour de printemps, sur une plage bretonne ensoleillée, je me suis enfin abandonné. Et à partir de ce jour-là et pendant plus de 365 jours, Anna et moi, ça a été à la vie, à la mort. Mais aussi à la musique, aux livres, aux discussions à n'en plus finir sur le sens du monde, de la vie, aux fêtes sur les plages, aux escapades sur nos îles du golfe du Morbihan, à nos amis présents et aux absents, déjà. Et tous les jours, ou presque, je me demandais ce qui m'avait fait hésiter si longtemps à me laisser prendre dans ses filets. Même si au fond de moi, c'était toujours : *Comment une fille pareille peut vouloir d'un gars comme moi ?*

— Et toi, elle m'a demandé. Tu y vas pourquoi ?

Sa question m'a fait revenir au temps présent.

— Travail, j'ai marmonné.

— Il faut que je t'arrache plus d'infos sur le type de travail que tu fais là-bas ?

J'ai rigolé. Sur ce point-là, elle n'avait pas changé. Toujours aussi directe... et chiante.

— Je fais des photos. Des photos de mode, de pub.

— Waouh. Tu as réussi !

— Euh, réussi, si tu veux. Ce n'est pas non plus la gloire, tu vois.

— Non, je veux dire, tu as réussi à faire un

métier artistique. Vraiment. C'est ce que tu voulais avant. Vivre et créer.

— Ouais. Tu peux dire ça.

Je crois qu'elle était vraiment impressionnée. Comme si j'avais tenu une promesse. Mais je ne lui avais rien promis, si ? Ou alors, elle parlait de moi. Tenu une promesse au garçon que j'avais été. Et sur ce point, elle avait assez raison. J'avais trouvé ma voie. Ma voix intérieure. Faire des photos pour des pubs, c'était un peu artistique. Ouais. Faire des photos tout court, c'était mieux. D'ailleurs, là, à regarder ses yeux en gros plan, ça me démangeait de sortir mon Canon pour les fixer sur pellicule. Tenter du moins. Parce qu'au fond le réel me semblait toujours plus beau que les photos. Surtout avec un regard pareil. Bordel, ses yeux si bleus n'avaient pas changé. Il n'y avait que quand je prenais Malo en photo que je n'étais jamais déçu. Je capturais tout ce que je pouvais de lui, depuis sa naissance. Et là, j'étais surpris d'être démangé par un même réflexe. Mais of course, je me suis abstenu.

De loin, je l'ai vu s'approcher. Son Vincent. Un mec grand. Peut-être un peu plus âgé que moi ou elle. Presque baraqué. Genre une carrure de rugbyman gentleman mais un regard de fille avec des yeux très tendres. Très doux. J'ai vu qu'il était surpris. Surpris de la voir discuter avec un inconnu. Un mec. Mais il l'a jouée cool.

— Bonjour, il m'a dit, en me tendant une main et en passant l'autre autour des épaules d'Anna.

— Vincent, Julien. Julien, Vincent.

— Enchanté, il a répondu.

Poli le gars. Urbain même.

— Julien est un vieux copain, j'ai entendu Anna expliquer. On s'est connus au lycée quand je vivais en Bretagne.

— Tu as habité en Bretagne ?

J'ai aimé qu'il ne sache pas. J'ai aimé ça très fort. Et ça venait de très loin. Et ça m'a surpris. Ce Vincent, c'était peut-être de la surface. Peut-être du trop récent. Après tout, rien n'indiquait une longue relation et techniquement, aucun des deux ne portait d'alliance au doigt et elle ne m'avait pas dit : « Julien, je te présente mon mari, Vincent ». Mais putain, what the fuck ? Qu'est-ce que j'en avais à foutre, de toute façon ? Je délirais ou quoi ? Je n'allais pas faire mon truc habituel. Anna n'était pas une cible que j'allais séduire pour m'en lasser comme toujours. Ça, c'était déjà fait. Fallait que je dépasse mes réflexes de chasseur, là.

La suite a plutôt été agréable, car au fond, rencontrer par hasard Anna Sobieski pour un vol Paris-New York partagé, ça a rendu ce voyage bien plus plaisant. D'abord parce que l'avion était particulièrement peu rempli, ce qui nous a permis de nous installer à proximité les uns des autres, sans avoir à tenir compte des emplacements initiaux de nos cartes d'embarquement. Je voyageais en éco. Comme eux. C'est moi qui finançais ce billet et je ne trouvais pas utile de mettre de l'argent dans des couvertures plus épaisses ou dans des repas moins mauvais.

On a passé un bon moment à discuter tous les trois au début du voyage. Puis Vincent, très peu de temps après le repas desservi par une sympathique hôtesse, s'est endormi. J'étais sur le même rang qu'eux deux, mais le couloir nous séparait. Je pouvais observer Anna qui essayait elle aussi de s'endormir. Mais elle avait l'air nerveuse. Nos regards se sont croisés.

— Tu n'arrives pas à dormir ?

— En fait, c'est le contraire. J'essaye de ne surtout pas dormir. L'avion, ce n'est pas un transport que j'affectionne des masses. Alors je veux rester éveillée.

Ça m'a étonné. Avant qu'on embarque, avant qu'on décolle, elle n'avait pas montré de signes de stress, pas exprimé de peur. C'était pourtant en général dans ces moments-là que les phobiques des voyages en avion finissaient par fendre l'armure. Anna était atypique pour cette histoire et d'une certaine manière, je n'étais pas si surpris que cela. Elle l'avait toujours été un peu à mes yeux.

— On a encore cinq heures de vol en pleine nuit. Comment tu comptes t'y prendre pour lutter contre le sommeil ?

Elle a montré son sac à ses pieds.

— J'ai des munitions là-dedans, elle a dit en sortant un énorme bouquin.

Elle me l'a tendu pour que je comprenne. Mon Dieu : elle lisait le tome III en 1 351 pages de *Verbatim* de Jacques Attali. Le nombre de pages, je pouvais le dire parce que j'avais été immédiatement à la dernière pour évaluer la bête. Pour le contenu, je me suis dit que c'était une fille qui votait à gauche et cela ne m'a pas beaucoup étonné.

— Moi, ça aurait tendance à m'endormir. Au contraire.

— J'ai bien peur que moi aussi, elle a admis.

Un homme, deux rangs plus haut, s'est retourné vers nous. Il nous a lancé un regard agacé. Il faut dire que dans la semi-obscurité et le silence de la cabine, notre petit bavardage devait le gêner, lui ou d'autres.

— Je crois qu'on dérange, elle a chuchoté.

J'ai désigné le siège libre à côté de moi.

— Viens là. On fera moins de bruit pour discuter.

Anna s'est exécutée sans hésiter. Comme si ma proposition la soulageait. Peut-être qu'elle était vraiment angoissée par notre vol au-dessus de l'Atlantique et que la perspective de ma compagnie l'apaisait.

— Bon, alors, dis-moi tout Julien. Comment es-tu devenu photographe de mode ? Je veux tout savoir.

— Haha ! j'ai lancé. La fameuse histoire de mon grand parcours. Tu es prête ?

— Fin prête !

— OK. Je te raconte. Mais à une condition.

— Laquelle ?

— Tu m'expliques à quel moment tu as décidé que la com était faite pour toi.

Anna a soupiré d'un air mélodramatique.

— Ça va être vite vu. Je ne savais pas quel métier faire, en dehors de prof de lettres. Alors j'ai passé un diplôme de fac en com après une classe prépa de lettres puis j'ai fait plein de stages et j'ai fini par en faire mon gagne-pain. Chiant, hein ?

— C'est tout ?

— Pourquoi tu crois que je suis si intéressée par ta vie trépidante de photographe de mode !

— Ça va, n'exagère pas. Tu n'es pas non plus inspecteur des impôts ou un truc du genre.

— Non, OK. Mais toi ! Raconte-moi !

Alors je lui ai raconté.

Je n'avais pas terminé les Beaux-Arts à Paris. Des études que j'avais pourtant rêvé de faire de toutes mes forces.

J'étais arrivé à Paris et j'avais travaillé dans des bars pour me payer un petit appart et sortir beaucoup. Un jour dans le métro, alors que j'allais à une nouvelle fête avec un pack de bière sur l'épaule, une dame d'un certain âge m'avait filé sa carte en me demandant de passer à son agence si je voulais gagner de l'argent en faisant des photos. Il faut croire que j'avais la bonne tête, le bon corps, au bon moment, et j'avais commencé à bien bosser. Mon physique romantique à taches de rousseur sur le visage plaisait aux Asiatiques. Beaucoup. Je passais pas mal de temps là-bas.

Ça payait assez bien. Mais tout ça n'était pas passionnant et l'intérêt pour ces séances de travail avait tout de suite dérivé vers l'art de faire de la photo. Je voulais être derrière l'appareil-photo et non plus devant. Et à force de travailler avec des professionnels j'avais fini par m'y mettre moi aussi. Là, je m'étais vraiment fait du bien. C'était une époque d'éveil. De désirs. J'apprenais la technique et je libérais mon regard. Je passais mon temps à prendre en photo mon environnement de travail de mannequin. Les coulisses, les préparations, l'attente, les situations incongrues comme être en maillot de bain, au bord d'une piscine sur la French Riviera... en plein mois de janvier. Ça m'amusait. J'en avais fait une série assez sérieuse, je l'avais montrée à plusieurs galeristes photo, l'un m'avait proposé une expo, cette expo avait attiré pas mal de professionnels de la mode à Paris et puis surtout, une des filles que j'avais rencontrées sur les plateaux de shooting et qui avait ses entrées partout m'avait ouvert son carnet d'adresses. C'était il y a sept ans. Depuis, je bossais beaucoup.

— Tu mesures combien ? elle a demandé.

— 1,84/85.

— C'est comment pour les mannequins ?

— Plutôt petit. Mais bon, ces histoires de mesures n'ont pas d'importance. Si quelqu'un te veut, c'est ça qui compte.

— On t'a voulu, toi.

— Un peu.

— Et c'est pour ça que tu es passé des Beaux-Arts à mannequin à plein temps ?

Elle avait le chic pour les questions qui tombent pile au bon endroit.

— Je me figurais que j'allais finir les Beaux-Arts et tout ça. Sauf que dans les faits, j'avais le sentiment de n'avancer nulle part. C'était décevant. Tu sais comme j'avais tant rêvé d'entrer dans ce type d'endroit. Mais j'étais à côté de la plaque. Y'avait trop de branlette intellectuelle, trop de bourgeois. Les profs, je n'y comprenais rien à leurs attentes. Et plus ça durait, plus je m'enfermais, je m'isolais. Alors ça n'a pas été difficile d'arrêter pour faire davantage le mannequin. Même si ça n'a fait que repousser mes questions existentielles sur ce que j'allais faire du reste de ma vie.

Anna m'a écouté. Elle semblait connaître le sentiment.

— C'est dur de se trouver, elle a dit.

— Ouais, pas simple. Je croyais savoir, mais j'ai fait finalement beaucoup de détours.

Je me suis souvenu de la situation qui était la mienne, lorsqu'on s'était rencontrés, ados. Plus je fréquentais Anna, plus ma volonté était apparue. Anna représentait les possibles. Elle était ce qui était en puissance. Son statut de fille d'ailleurs, de Paris, un brin intello, un brin originale, elle le portait sans réfléchir. Moi, je voulais devenir ça à ses côtés.

— Et toi, j'ai demandé. Combien de détours ?

Elle a soupiré, l'air dégoûté.

— Moi, j'y suis même pas encore arrivée.

— Officiellement, tu as un boulot en CDI, une utilité, un salaire à la fin du mois, non ?

— Ouais, je sais. Je ne me plains pas parce que pour avoir tout ça, ça n'a pas été simple. Mais des fois, même si j'aime relativement l'ensemble de mes journées, franchement, je me dis, à quoi ça sert pour de vrai une chargée de com... sur le papier, y'a plus utile que ça...

— On fait partie du grand capital, toi et moi, ça, c'est sûr ! Vendre des trucs inutiles à des gens qui n'en ont pas besoin... C'est tout nous, ça !

— Ouais, exactement... Tu t'es dit toi aussi des trucs genre il faut faire partie du système pour le changer ? J'ai osé me raconter ça quand j'ai eu mon premier job !

— Carrément, j'ai réalisé en pouffant. J'étais un vrai petit con sur ce sujet. Je me figurais que j'allais mettre de l'art dans toutes mes photos pour éduquer le peuple. Bon, en vrai, je vends des parfums avec des filles en culotte.

— Alors, on est quoi, maintenant ?

— Des complices du système !

— C'est grave ?

— Je ne sais pas... Je m'en fous ! Moi j'ai jamais dit que je voulais changer le monde. C'était toi, la militante... Moi, je voulais changer ma vie...

— Ouais je sais... Tu sais, je crois que je travaille à droite, mais que je vote à gauche. J'suis politiquement schizophrène.

— Moi, je fais mieux, je ne vote pas !

— Ah ça, c'est moche !

— J'ai jamais cru à ça. Je suis désolé...

— Oh bordel, tu ne vas pas me parler du vote blanc. Je crois que je ne vais pas pouvoir supporter...

Non, je n'allais pas lui parler de ma théorie sur le vote blanc. Non. Pas cette fois. Et pourtant, elle avait vu juste : j'en avais bien sûr une.

— Tu te rappelles quand on parlait de ça ensemble ? j'ai demandé.

— De quoi ?

— De l'avenir qu'on voulait, des choix.

— Oui, je me souviens que tu étais très précis, très motivé.

— J'étais obsédé, tu veux dire ! J'avais trop peur de pas réussir à avoir plus grand, plus beau.

— Et tu es content, alors, maintenant.

— On peut dire ça... Mais je me rends compte que je suis quand même un insatisfait de nature.

Parce que c'était exactement ça : j'étais fier de là où j'étais arrivé, et en même temps, en vrai, c'était rien.

Elle s'est mise à rire, et je l'ai regardée, sans comprendre. Qu'avais-je dit de drôle ?

— Quoi ?

— Je repense à ta tête, tout à l'heure à Roissy. Avoue, tu étais tout sauf ravi que je te tombe dessus.

— Mais si, bien sûr que j'étais content.

— Quel menteur.

— Quoi ?

— Ça se voyait que ça te faisait chier. Je le sais. Tu n'as pas changé.

— Arrête. J'avais la tête dans le cul, c'est tout. Rien à voir.

— Hum, je ne suis pas si sûre...

Une chose était certaine cependant : Anna n'avait pas oublié de lire en moi. À une ancienne époque de ma vie, elle était parmi les personnes qui s'étaient le plus intéressées à moi, alors que je ne savais même pas si j'étais intéressant. Et ça avait fait une différence. Un temps.

— Je crois que tu as raison, j'ai fini par admettre. J'étais perplexe quand je t'ai reconnue.

— Perplexe genre « Merddddeuh pas elle ! »

— Mais noonnn, t'es conne !

— Alors, genre quoi ?

— Genre, qu'est-ce qu'elle va penser de moi ?

— T'es sérieux ?

— Oui ! Parfaitement. Genre, est-ce qu'elle va me reconnaître ou elle m'a oublié ? Genre aussi, est-ce qu'elle va me parler normalement ?

Elle m'a regardé comme si elle ne comprenait pas du tout de quoi je parlais.

— Genre comme celle que tu étais avant ! j'ai ajouté.

— Ben j'espère quand même que je ne te parle pas comme une gamine de treize ans.

Je n'ai pas pu m'empêcher de sourire.

— Je voulais dire, est-ce que tu es la même ?

— Et alors ?

— Tu connais la réponse, Anna. Te fous pas

de moi. Ça fait des heures qu'on parle. Et c'est comme si on y était encore.

— Oui, elle a fini par dire tout doucement. Je vois ce que tu veux dire.

On s'est tus. Elle a bâillé. Je savais qu'elle ne s'ennuyait pas. Moi aussi, j'étais toujours capable de lire en elle. Ça m'était revenu très facilement. Je savais donc qu'elle continuait juste sa lutte contre la fatigue naturelle.

— Tu veux bien me dire de quoi tu as peur exactement ? j'ai chuchoté.

J'ai vu ses yeux se voiler, mais ensuite, elle a tenté de sourire.

— Des trucs qui peuvent se produire.

— À cause des attentats ?

— Oui. Les trucs classiques depuis le 11-Septembre, je crois. Qu'un débile sorte un cutter et aille faire n'importe quoi. Ça me fout la trouille, comme tout le monde.

— Oui, comme tout le monde, j'ai admis. Mais tout le monde n'en perd pas le sommeil...

Bien sûr, je comprenais sa peur. C'est juste qu'elle me semblait disproportionnée.

— Et si on se relayait ? j'ai proposé. Tu dors et je monte la garde.

En prononçant ces mots, j'ai compris combien j'avais envie de la protéger, au fond. Combien grand était mon attachement pour elle aussi. Combien tout cela ne s'était pas éteint. Je n'en revenais pas. J'étais même dubitatif, mais il fallait au moins que je me montre honnête avec moi-même sur ce coup-là : Anna provoquait un truc fort que je ne nommais pas encore.

— T'es con, elle a dit en souriant. Et tu m'encourages dans mon délire.

— Alors on se prend un verre de vin pour se détendre ?

Elle a jeté des coups d'œil autour de nous.

— L'idée n'est pas mauvaise, mais je crois que même les hôtesses et les stewards sont en train de roupiller. On va les déranger.

— T'inquiète, j'ai dit en me levant, je vais nous trouver ça.

Je voulais jouer au mec super sûr de lui, capable de tous les défis. Au fond, je me rendais bien compte que depuis que nous nous étions retrouvés, quelques heures auparavant, je jouais ça en permanence auprès d'elle. Je passais mon énergie à me montrer sous mon meilleur jour et à faire face à tous les challenges. Comme celui de déranger des hôtesses chafouines pendant leur pause. Bon, je n'ai pas eu beaucoup de mérite. J'ai fait les yeux doux, joué de mon adorable accent frenchy, et Suzy (c'était écrit sur son badge) m'a laissé repartir avec deux coupes et une demi-bouteille de champagne de la classe business. C'était mieux que tout ce que nous aurions pu espérer d'un vol de l'American Airlines. C'était même du vrai champagne, pas du mousseux. Ça a fait pétiller les yeux pourtant fatigués d'Anna. Elle a fait tinter sa coupe contre la mienne en me faisant un sourire coquin.

— J'adorrrrre le champagne ! elle s'est exclamée après avoir vidé la moitié de son verre.

— Je vois ça !

— Je crois que je le dois à ma première cuite qui était au champagne. Tu t'en souviens ?

— C'est parti ? On fait souvenirs, souvenirs ?

— Nonnn, elle a dit aussitôt. Je veux que tu me parles des trucs que je ne connais pas. Pas des souvenirs.

— Comme quoi ?

— L'amourrrr, Julien. Y'a que ça qui compte !

J'ai soupiré. Ce sujet, celui avec le grand A, ne m'intéressait que s'il me permettait d'en savoir plus sur sa vie amoureuse à elle. J'ai tenté :

— T'en es où, toi ?

— C'est moi qui ai commencé !

Sa pirouette ne m'a pas étonné. Depuis le début de notre conversation, Anna était hyper ouverte, très attentive, enthousiaste même, mais elle s'arrangeait toujours pour parler de moi, sans jamais s'aventurer elle sur le chemin de sa vie personnelle. Et une fois encore, elle me mettait sur les rails.

— OK, OK, j'ai dit en admettant ma défaite. L'amour, donc.

Alors bien sûr, je lui ai parlé du plus important : le grand amour de ma vie. Quatre lettres d'une simplicité rare qui avaient tout changé sur leur passage. Pour toujours. Malo, le fils de ma vie.

Mais Malo n'était pas arrivé tout seul. Et j'ai attaqué par le début. Par toutes les autres histoires qui m'avaient mené jusqu'à lui. En m'arrêtant plus longuement sur la dernière.

En amour, j'avais beaucoup bourlingué. Ma vingtaine avait été une succession d'histoires. De filles, de femmes. De conquêtes. En tombant dans le milieu de la photo, j'avais aimé quelques mannequins, une assistante de studio en stage, deux attachées de presse, une directrice photo de dix ans mon aînée, une maquilleuse de studio, une comédienne presque célèbre. Mais aussi une instit, une écuyère, et même une vendeuse de diamants chez Boucheron. Mes séjours à l'étranger avaient facilité d'autres histoires éphémères. Et puis un jour, j'avais fait la connaissance d'Ellie et Ellie m'avait fait tomber en amour.

Pendant longtemps j'ai cru qu'Ellie était l'amour de ma vie. En fait, si je suis honnête, c'est surtout, je crois, parce que Ellie a été très dure à conquérir. Ma quête avait été longue et plus j'attendais, plus je la désirais, plus je tombais amoureux.

Alors j'ai cru que c'était ça l'amour. C'était ce truc qu'on n'a pas et qui vous arrache des larmes et de la terreur la nuit. C'est cette guerre contre soi et contre l'autre en même temps.

Ellie avait été ma quête. Mon Graal. Elle m'avait fait attendre presque une année. Et c'était bien la première fois. Ma première relation unilatérale. Et je comprenais mieux mes anciennes amoureuses et j'assumais mal.

Ellie était une toute petite chose. Quand

je la regardais, même des années après notre rencontre, je me demandais encore comment on pouvait être aussi minuscule et bien proportionnée. Vingt-cinq centimètres nous séparaient en hauteur. C'était une plume quand je la portais. Et j'étais tombé amoureux d'elle en à peine plus de quelques secondes.

Et puis Ellie était forte. Talentueuse. Cultivée. Riche. Ellie menait son monde à la baguette et sa vie aussi. Dernier enfant d'une fratrie de cinq, c'était aussi la seule fille au milieu de frères voraces, chasseurs, exigeants, comme les familles bourgeoises ou aristocrates en produisaient. Comme s'il fallait encore équiper le monde de chevaliers valeureux et bien éduqués. Même si ce qui m'avait marqué avant tout, c'était leur individualisme et leur égoïsme. Alors ouais, j'avais eu des beaux-frères avocat fiscaliste, directeur financier ou en passe de le devenir dans un grand groupe français de l'énergie, re-avocat et expert-comptable. Ouais, mes beaux-frères m'avaient montré leurs canines acérées, m'avaient noyé de leurs discours financiers ou politiques, m'avaient sans doute méprisé du premier jour au dernier. Mais Ellie, face à eux, était la chef. Dans cette famille où les rapports de force étaient la règle, elle les avait mis sous son joug et m'avait imposé à tous.

Bien sûr, j'avance trop vite, je vais trop loin déjà. Car avant d'en arriver à moi au milieu de sa famille, de ses frères, il y a eu elle et moi. Avec le recul, je crois que j'ai été sa crise d'adolescence tardive, son garçon rebelle, sa révolte contre son rang. L'un des choix qui la définissaient pour se construire plus encore. Je ne dis pas qu'elle avait fait cela consciemment. Je ne pense pas qu'elle ne m'ait pas aimé. Mais je sais qu'avec Ellie, je n'ai jamais eu une place juste. Du début jusqu'à la fin, j'ai eu davantage une fonction.

Notre rencontre avait été simple : un shooting photo que je faisais pour une marque de vêtements pour enfants. Ellie était la styliste de la marque. J'étais le photographe. Son boulot, c'était de me contraindre dans mes choix artistiques. Mon boulot, c'était de l'envoyer se faire foutre, elle et sa charte graphique. Mais ce jour-là, j'ai été son pantin. Car je suis tout de suite tombé sous le charme de cette poupée diaphane. Je me souviens des enfants endimanchés dans les vêtements de la marque, je me souviens de l'un d'entre eux qui avait une gastro et qui avait fini par vomir sous nos yeux. Mais Ellie était imperturbable. Très polie, très distante aussi, en espèce de Madame de Rothschild des bonnes manières, elle gérait la situation sans un mot plus haut que l'autre. Tout de suite, j'ai voulu plus. Et j'ai entrepris de la charmer. Mais les règles du jeu, cette fois-ci, je ne les avais pas, car Ellie n'a succombé ni à mon charisme ni à mon physique. Elle a gardé ses distances, m'a fait comprendre qu'elle n'était pas intéressée, m'a mis en présence de son mec puis d'un autre. En six mois, l'air de rien, je n'ai jamais pris autant de vents de toute ma vie entière. Et pourtant, j'ai continué, je me suis accroché et le défi qu'elle représentait me rendait toujours plus amoureux d'elle. Ellie au début n'a pas compris à quel point j'étais sérieux. Je crois qu'à juste titre, elle m'avait placé dans la catégorie « beau, mais lourd ». Et puis un jour de juin de l'année 1992, durant une soirée très rive gauche où nous étions venus à plusieurs tant j'étais parvenu à m'infiltrer dans sa vie, dans son groupe d'amis, avec ses copines qui me zieutaient souvent avec envie, je lui ai dit que je l'aimais. Et elle m'a cru pendant cinq ans et demi. Non, c'est faux, elle savait que je l'aimais encore quand elle m'a quitté. Mais ça n'était plus suffisant. Et elle m'a laissé.

Je n'avais jamais vécu de chagrin d'amour. Ça ne marchait plus, mais je ne voulais pas le savoir. J'ignorais les signes. On avait dit pour le meilleur et pour le pire, et je m'accrochais à la permanence de ces mots et à Malo entre nous. Sauf que ça ne fonctionnait pas comme ça.

Après l'épisode « Un homme amoureux », j'étais donc devenu le cliché de « l'homme largué », dans tous les sens du terme. Pendant plusieurs mois, j'ai été comme groggy, assommé, vidé. Et à ce vide s'est ajoutée cette espèce de vertige logistique lié à mon Malo et à ses deux ans tout ronds. L'appart à trouver, la garde à alterner, la nounou à partager, le rythme à caler, et ce dans une espèce de course folle de la vie de tous les jours. Mais je n'y arrivais pas. J'étais malheureux comme les pierres. J'étais dévasté. Quelquefois, le brouillard de tristesse et de colère fade se dissipait plusieurs jours d'affilée. Puis il revenait invariablement. J'étais traumatisé, en colère et choqué.

Et le personnage arrogant que je m'étais construit toutes ces années durant pour me protéger a disparu. Il ne servait plus à rien puisqu'il ne m'avait pas protégé de ça.

— Un grand chagrin d'amour, c'est quand l'amour a été grand.

Anna a prononcé cette espèce de phrase hyper définitive quand nous approchions des côtes américaines. Les heures avaient défilé et nous n'avions pas dormi. Nous avions parlé toute la nuit et les hôtesses distribuaient déjà le petit déjeuner. Je lui avais dit l'essentiel de l'homme que j'étais devenu et elle avait entrecoupé mes histoires de questions pleines de curiosité simple. Elle avait tiré mes mots, les uns après les autres, quand je semblais les perdre. Sa maïeutique dans les airs avait été raffinée et bienveillante. J'étais impressionné d'avoir pu tant partager. Moi qui parlais si peu de ces événements-là. De ce traumatisme à moi.

— Il l'a été puisque Malo est là.

Anna a bâillé. Ses yeux pourtant si lumineux paraissaient bien pâles à ce moment-là.

— Mon Dieu, j'ai fait, je t'ai tenu la jambe et tu n'as pas dormi. Ça me fait culpabiliser.

— C'est exactement ce qu'il me fallait ! Et Malo ? Tu veux bien me montrer une photo ? Tu en as une sur toi, je parie !

J'ai plissé les yeux de joie. Je ne connais aucun parent qui n'est pas fier de montrer une photo de son enfant. Et plus encore, quand c'est demandé avec autant de gentillesse. J'ai sorti une petite photo de mon portefeuille et je la lui ai tendue. Elle l'a prise avec délicatesse et n'a d'abord rien dit en la détaillant. Je me suis penché pour regarder la photo de Malo en même temps.

— Il te ressemble, elle a fini par dire en levant les yeux vers moi. Il est beau. Il a tes yeux.

— Oh bien sûr que je le trouve beau moi aussi. Beau, craquant, tendre, mais aussi chiant, têtu, silencieux ou trop bruyant, agaçant avec ses petits bouts de Lego qui traînent sur le parquet la nuit et qui font un mal de chien quand je marche dessus.

Ça l'a fait marrer.

— The famous Lego !

— Celui-là même ! Et il est aussi super compliqué à faire manger. Un jour, le riz c'est super bon, papa, merci. L'autre jour, ah, mais je t'ai dit que j'aime pas ! J'en veux pas ! Et on ne parle même pas de légumes, tu noteras. On parle de fé-cu-lents !

Anna continuait à rire. J'étais lancé et ça lui plaisait.

— Le pire, ce sont les matins... Impossible de le sortir du lit. D'ailleurs, il faut savoir qu'une fois sur deux, il se réveille dans *mon* lit, rapport au cauchemar de 3 heures du mat qui l'a fait émigrer dans ma chambre, et là, c'est mon cauchemar à moi qui commence parce que monsieur prend ses aises, monsieur bouge dans tous les sens, monsieur arrive à me piquer toute la couette... Bref...

— Bref, tu es gaga de lui.

— Ouais... Je te soûle, faut que j'arrête.

Je faisais enfin preuve de lucidité. Il fallait que je tente de me contenir.

— Nan, tu m'amuses ! Je crois que tu as trouvé ton maître ! J'aimerais bien le rencontrer un jour.

Anna a prononcé cette phrase le plus naturellement du monde. Elle avait toujours fait cela dans mes souvenirs. Prononcer des phrases importantes sans donner l'impression qu'elles l'étaient. Et pourtant, ça, c'était une phrase importante. C'était une phrase qui disait « J'aimerais qu'on se revoie après ça. » C'étaient des mots qui me lançaient un message clair et concis. Et j'étais estomaqué.

— Oui, bien sûr, j'ai dit aussi vite que j'ai pu, en essayant, tant bien que mal, d'effacer mon trouble, il faudra qu'on organise ça à Paris à nos retours.

Je suis resté un instant silencieux, comme abasourdi d'avoir tant parlé et tant parlé de moi. Puis en regardant Vincent, sur le rang d'à côté, j'ai dit :

— Et vous, des enfants, vous en parlez ?

Anna a rougi jusqu'aux oreilles. Je vous jure que je l'ai vu et je n'en revenais pas de cette émotion, presque enfantine. Elle a plongé devant elle pour attraper un magazine et comme pour éviter mon regard aussi.

— Peut-être, elle a fini par répondre. Mais pas maintenant.

— Peut-être parce que vous n'êtes pas ensemble depuis assez longtemps, j'ai cherché à savoir.

— Si quand même...

Sur le même rang que nous, de l'autre côté du couloir, j'ai vu Vincent se réveiller. Anna s'est tournée vers lui, lui adressant un vaste sourire.

— Ça va, toi ? il s'est tout de suite inquiété. Tu as réussi à t'endormir ?

Anna a tourné le menton vers moi.

— On a parlé toute la nuit, Julien et moi !

— Waouh, vous en aviez du temps à rattraper, il a dit, sans sembler agacé.

Sa tolérance m'a étonné. Mais peut-être était-il vraiment à l'image de son physique : grand, baraqué, détendu. Et pas du tout inquiété par un gringalet comme moi.

— Je vais aller au petit coin, j'ai dit en m'adressant à Anna pour qu'elle me laisse passer.

— Oui. Bien sûr... Je vais te laisser tranquille, elle a ajouté, en rejoignant Vincent sur le siège de l'autre côté.

Voilà, nous avions repris nos places. Au sens propre et figuré, et nous étions sur le point d'atterrir à JFK.

— On n'a qu'à prendre le même taxi, j'ai proposé sans réfléchir. Manhattan, c'est Manhattan.

Anna avait trouvé l'idée évidente. Et on s'était entassés tous les trois dans une voiture jaune. Elle était entre nous, collée à lui, mais tout près de moi. Pendant tout le trajet, Vincent regardait partout, les yeux ébahis. Comme tous les Français qui arrivent à New York pour la première fois de leur vie. Je ne savais pas dire pourquoi la ville provoquait ça chez les Français en particulier. Mais il y avait définitivement une fascination plus grande que la moyenne mondiale chez nos compatriotes. Une fascination dont je ne me désolidarisais pas. Mais quand même, j'aurais aimé comprendre.

Anna m'avait expliqué, pendant notre discussion dans l'avion, qu'ils allaient squatter chez une copine à elle. Une Élise qu'elle avait rencontrée en prépa à Lyon et qui sur un coup de tête était venue s'installer aux États-Unis. C'était chez elle qu'elle avait passé beaucoup de temps déjà, connaissant New York de mieux en mieux, de séjour en séjour. L'appart de sa cops était situé dans East Village. Ça, j'aurais pu m'y attendre. À la fois de plus en plus cool et presque pas trop cher pour permettre à des jeunes d'y trouver des studios, des colocs, des petites chambres accueillantes bien qu'un peu moisies quand même. Depuis que je fréquentais régulièrement la ville et ses habitants, j'avais croisé un paquet de jeunes modèles, filles ou garçons, qui vivaient dans ce quartier.

Tandis que notre taxi progressait en direction de Manhattan, la curiosité de Vincent pour la ville qu'il s'apprêtait à découvrir et les histoires qui nous y rattachaient, Anna et moi, grandissait.

— Quand est-ce que vous êtes venus ici pour la première fois, tous les deux ?

— L'année de mes dix-neuf ans, j'ai répondu aussi sec. Je peux pas l'oublier, c'était pour un nouvel an.

— Julien est né un 1er janvier, Anna a précisé x pour que Vincent comprenne.

J'ai jeté un coup d'œil vers elle, touché qu'après tout ce temps, elle n'ait pas oublié ma date d'anniversaire. Puis j'ai repris mon récit :

— J'étais un vrai dingue en débarquant ici, c'était comme être dans un film.

— C'est exactement ça ! Anna a confirmé. Moi aussi j'avais cette impression.

— Tu es venue quand, toi ? je lui ai demandé.

— La première fois ici, c'était au mois de juillet. En 92. Ma cops m'accueillait pour quinze jours, j'y suis finalement restée trois mois. Sur un coup de tête, j'ai décidé de prolonger mon séjour et j'ai trouvé un boulot pour le financer. Je gagnais une misère au black dans une librairie du quartier. Je n'avais pas de visa, pas de papiers pour travailler, mais j'avais un beau sourire et un accent chic. Et ce boulot de quelques heures par jour m'a permis de passer un super été dans ma ville préférée de l'époque.

J'ai ri de cette histoire que Vincent découvrait, ébahi, en écoutant sa belle lui raconter sa jeunesse new-yorkaise.

— Je suis revenue l'été suivant et j'ai passé mon temps à traîner le soir au Sin-é, tu sais ?

J'ai acquiescé. Je voyais très bien de quoi elle parlait.

— C'est quoi ? il a demandé.

— Un café dans East Village. C'est là où Jeff Buckley venait faire des concerts. Un truc minuscule pour chanteurs immenses. Bon, moi, je l'ai jamais vu là-bas au final. Élise a fini par tomber dessus quand je suis rentrée en France. C'est con, hein ?

Son récit m'a amusé. C'était tellement elle. Tellement évident. Le taxi continuait de filer vers Manhattan et bientôt, il allait les déposer devant un petit immeuble de briques un peu décrépi et soudain je me suis dit que j'avais envie de continuer à entendre ses récits. C'était une évidence absolue. J'avais envie de continuer à découvrir qui elle était devenue. J'étais content de l'avoir croisée, heureux de lui avoir parlé, et pas du tout désireux qu'on s'arrête là.

— Vous avez prévu quoi pendant votre séjour ? j'ai demandé.

— Oh ! des trucs classiques pour visiter la ville.

— Ça va faire un peu drôle, sans doute, a fait remarquer Vincent. À cause des attentats, tout ça.

Oui, il avait raison. C'était un drôle de moment pour du tourisme. Mais Anna m'avait expliqué de manière très cash sa logique. Les billets étaient hyper pas chers (et vu comme l'avion était vide, on comprenait qu'ils soldent) et elle avait eu une incroyable envie de revoir sa ville d'adoption qui avait été blessée, traumatisée, et de faire preuve de solidarité avec elle. Oh bien sûr, la paranoïa était là et un nombre incalculable de personnes leur avait demandé s'ils n'avaient pas peur de se rendre là-bas. Mais Anna aimait cette ville, n'en avait jamais eu peur et c'était aujourd'hui que la ville lui demandait de l'aide. Alors elle n'avait pas trop réfléchi.

— Oui, ça va faire drôle, j'ai acquiescé. Mais moi aussi je suis content de revenir ici. C'est dans les moments durs qu'il faut être présent, j'ai ajouté un peu connement.

Mais je le pensais. Sincèrement. Anna a regardé un moment, l'air pensif, la route devant elle. On approchait maintenant du tunnel. Dans dix minutes max, on allait se séparer. Il fallait que je me bouge.

— Ça vous dirait qu'on se voie demain soir pour manger un truc ? Sortir ?

J'avais parlé avec un ton enthousiaste. Un ton improbable, compte tenu de mon niveau de fatigue et de gueule de bois à l'origine.

Anna a hoché la tête en se tournant vers moi.

— Carrément !

Dans la seconde qui a suivi, j'ai ressenti un soulagement dans tout mon corps. Malgré la fatigue, les heures de vol, la gueule de bois, tout à coup, j'étais comme allégé d'un poids dont je ne pensais pas qu'il était si lourd avant qu'il ne disparaisse. Anna me regardait du coin de l'œil avec des paillettes dans les yeux. Vincent suivait sa belle. Et la grosse voiture jaune est entrée dans le tunnel Lincoln.

Chapitre 2

Le lendemain matin, quand je me suis réveillé, au fur et à mesure, j'ai été envahi par de drôles de sensations physiques. Entre l'infarctus et la gastro. J'avais le cœur en tachycardie et le ventre en vrac. *What the fuck ?* Devant moi, une longue et importante journée de travail. Devant moi, la nécessité de me jeter dans l'énergie triste de New York. Devant moi, une responsabilité : ramener de quoi gagner de l'argent pour faire vivre mon fils maintenant et pour les vingt prochaines années. Je n'avais pas le temps de tomber malade ! Mais bien sûr, je savais déjà que je me mentais à moi-même. Car ce qui l'emportait ce matin-là aussi, c'est cette impression rare de vivre un jour qui ressemblait à un premier jour. Un jour qui effaçait tous les précédents, qui faisait perdre la mémoire. Qui ne guérissait pas les blessures, mais les faisait disparaître miraculeusement. Un jour avec autant d'innocence qu'un enfant. Un jour qui sonnait comme un recommencement. Et j'avais oublié que j'avais oublié que cela faisait cet effet-là.

Depuis Ellie, six ans auparavant, je n'avais eu que des amours de loin. Je n'avais pas eu envie de construire ni de me dépouiller pour tout donner. Je ne voulais pas non plus tromper sur la marchandise. Alors souvent, quand la pression montait d'un cran, j'arrêtais avec plus ou moins d'élégance et de savoir-faire. Et je reprenais mon souffle. C'étaient des amours asthmatiques.

Mais là bien sûr, un vrai gouffre s'était ouvert devant moi. Et c'est dans le corps, dans les symptômes physiques que cela s'opérait. Même pas dans mon cerveau. Et quand j'ai reconnu cette sensation, j'ai eu la certitude que j'étais pris. Tombé dans le gouffre.

Mais je ne disposais pas de temps pour les états d'âme non plus. Alors j'ai éteint Anna. J'ai chassé de mon corps cette sensation étourdissante du manque et de la joie tout en même temps. Puis j'ai souri. Tout seul. Béatement. J'étais dans la merde, mais heureux d'y être.

Nous avions convenu de nous parler au téléphone en fin de journée pour aviser. Sur un bout de papier volant, je lui avais écrit mon numéro de portable et elle m'avait donné celui du fixe de sa copine. Au cas où. Quand je me suis aperçu, dans mon studio photo, que dehors la nuit était tombée, je me suis inquiété. Il n'était pas si tard, mais moi, j'avais vraiment envie de la revoir. J'ai attrapé le téléphone qui traînait sur un coin de bureau et j'ai composé le numéro de sa copine, en me demandant s'il fallait que je parle français ou anglais, ne me souvenant pas vraiment de ce qu'Anna m'avait raconté. Je n'ai pas trop eu le temps de me poser la question, car la voix que j'ai entendue, je l'ai reconnue tout de suite.

— Salut, j'ai répondu à son allô, si français. C'est Julien.

— Hé ! Salut ! j'allais t'appeler !

— Vous avez passé une bonne journée ? j'ai demandé par politesse.

— Super ! Mais comme d'habitude, je me suis fait piéger. On a trop marché, marché et on est crevés.

J'ai souri. C'était exactement ça. New York provoquait ça chez tous les touristes. On ne pouvait pas s'empêcher d'avancer, encore et encore pour en voir toujours plus, en sentir davantage et à la fin, New York vous bouffait.

— On sort quand même ?

— Bien sûr !

Ah comme cela me plaisait, cet enthousiasme un peu disproportionné, presque enfantin. Cela me plaisait et cela me donnait le droit d'en faire de même. Une espèce d'autorisation pour la déconne. Pas la glauque, non, mais l'enfantine, la bêtise. Cela faisait longtemps que je n'avais plus ressenti cela. En y réfléchissant, cela datait de la naissance de Malo. Non, même avant. Quand notre grande histoire d'amour, celle d'*Ellie et Julien*, avait débuté. Avec cette tension, ce stress, ces enjeux. La peur d'y perdre. De se perdre. Là, j'allais bien. La journée de travail avait été bonne. J'avais eu un bon contact avec la rédac du magazine. Il y avait du futur dans le mot « collaboration ». Et ce soir, j'étais prêt pour la tendre et jolie déconnade.

— On pourrait se retrouver Midtown d'ici une heure ? Ça vous irait ? Je peux réserver dans un italien que j'aime bien.

Je suis arrivé en retard. Ce n'était pas l'idée, mais c'est ce qui est arrivé. Anna était à une table. Un peu inquiète. Un peu tendue. Je l'ai compris en une seconde. Elle se bouffait les doigts. J'ai souri comme un dingue quand elle a croisé mon regard. Elle a eu l'air soulagée de m'apercevoir.

— Je suis totalement, absolument, complètement désolé.

— Ça va, on ne va pas en faire un drame. Cela ne fait que vingt minutes de retard, elle a répondu en haussant les épaules.

Je me suis assis en face d'elle, sans comprendre tout de suite qu'on avait une table pour deux. Mais quand cela m'a sauté aux yeux, j'ai tout de même surjoué la scène.

— Ben, il est où ?

— Fatigué et malade. Je te passe les détails.

— Genre quoi ?

— On dirait qu'il a attrapé la turista... Ouais, je sais, elle a ajouté très vite. Une turista à New York. C'est ballot.

J'ai pouffé.

— Ah ! C'est con, j'ai admis. Dommage, j'aurais aimé mieux le connaître.

Anna a attrapé le verre de prosecco qu'elle s'était commandé et avalé une longue gorgée.

— C'est pas grave non plus. Il y aura d'autres occases.

J'ai acquiescé tout en espérant qu'elle n'ait pas raison puis je me suis relâché sur mon siège, en prenant mes aises. La soirée s'annonçait différente et, en toute honnêteté, ça n'était pas pour me déplaire. Parce que moi, en amour, je n'avais pas de morale. L'absence du fatigué/malade allait être une opportunité. Je n'allais pas me gêner. J'avais toujours agi ainsi.

— Bon, alors, maintenant qu'on a le temps, raconte-moi ! Y'avait un Américain derrière ton amour de New York, non ?

J'ai vu Anna rougir à nouveau puis éclater de rire dans la seconde suivante :

— Comment tu sais ?

— Je sais que tu es une amoureuse, j'ai expliqué, c'est tout !

— N'importe quoi...

— Une grande amoureuse, même.

— Bon, tu la veux, l'histoire ?

Je crois que j'ai dû froncer les sourcils parce que tout à coup, son visage s'était transformé. Elle était dure et sombre. Je n'y comprenais rien.

— Tu as envie de m'expliquer ? j'ai fini par demander, un peu sérieusement.

— Je vais t'expliquer, elle a confirmé.

Et là, au visage que j'avais devant moi, j'ai compris que cela allait être du lourd.

Ils avaient décidé de venir la voir. De profiter de sa présence dans cette ville mythique pour venir eux aussi visiter la Grosse Pomme. Leur fille de vingt-six ans y était installée depuis deux ans pour une durée indéterminée, envoyée par sa boîte d'assureur américain. Et tout à coup, ils avaient décidé de venir en profiter. À New York ils avaient passé une très jolie semaine. C'était la fin du mois d'août, il faisait encore très beau, mais moins chaud qu'au milieu de l'été. New York avait cette joie de vivre, cette énergie propre à cette saison si particulière. Ils avaient intensément profité de ce qu'elle pouvait leur offrir. Des musées, des balades, des repas sur le pouce, un match de basket au Madison Square Garden, pour vivre l'expérience américaine totale. Anna les avait trouvés heureux, tous les deux. Touchants. Cela faisait assez longtemps qu'elle n'avait pas fréquenté ses parents pendant plusieurs jours et ici, dans ces lieux où ils la découvraient de plus en plus adulte et autonome, elle les avait perçus, elle, plus jeunes, plus libres. Son père était à l'époque en poste dans une boîte suisse. Ils avaient déménagé dans cet étrange petit et puissant pays et sa mère avait arrêté de travailler. Plus besoin d'un autre salaire, leurs revenus étaient suffisamment confortables ainsi. Et à cinquante-cinq et cinquante-trois ans, ils étaient dans une nouvelle et jolie phase de leur vie. À deux. À nouveau. Plutôt sereins.

Quand ils étaient repartis, Anna s'était sentie

triste. Elle s'était habituée à leur présence, elle avait aimé leur enthousiasme. Elle se souvient qu'elle avait pleuré, seule, dans le couloir de son building, quand le taxi s'était éloigné. Cette émotion lui avait serré la gorge puis les larmes s'étaient échappées très vite de ses yeux. Mais elle avait repris le dessus et était remontée dans l'appartement retrouver Oliver, son amoureux new-yorkais, et ce soir-là, ils étaient allés faire la fête chez un copain jusqu'à une heure bien trop avancée de la nuit.

La suite, quand elle a commencé à me l'expliquer, je n'ai pas pu accepter tout de suite que ce fût possible. Que c'était réel. Que c'était arrivé. Ses parents avaient pris l'avion pour Genève, mais l'avion n'était jamais arrivé à Genève. Il n'avait même pas vraiment dépassé le continent américain. Moins d'une heure après le décollage, il s'était crashé en mer, proche des côtes canadiennes. Cet avion-là, je me souviens que je m'étais levé un matin et à la radio, j'en avais entendu parler. C'était en 1998, le 2 septembre. Je ne sais pas pourquoi, mais les catastrophes aériennes, on s'en souvient toujours assez bien. Surtout quand il y a des Français à bord. Plein de Français à bord. Et c'était le cas. Plus de quarante ressortissants français. Dont les parents d'Anna.

Peut-être que je l'aurais appris. Si j'étais revenu à Vannes. Voir mes parents à moi. Mais ça, c'était sans compter sur mon absence durable. Depuis très longtemps. Ma mère venait souvent me voir à

Paris. Mais à Paris, on ne parlait pas de Vannes, de ces gens, de ces disparus.

Oui, bien sûr, je l'aurais su si j'étais « redescendu » à la maison. Sa famille n'habitait plus là-bas depuis... des siècles. Mais dans ces petites communautés, tout se savait. Tout finissait toujours par être connu. Surtout les choses aussi violentes que ça. Morts. Tous les deux. Mais dans le fond, cela aurait changé quoi que je le sache ? Qu'est-ce que j'en aurais fait ? C'était comme ça. C'était maintenant.

— Je suis désolé... d'avoir eu à te le faire dire.
— Ne sois pas désolé. C'est moi qui viens pourrir l'ambiance avec mes histoires.
— N'importe quoi...

Elle a ébauché un demi-sourire. Franchement fissuré. Je pouvais comprendre. Mais en fait, plus j'essayais de m'imaginer ce par quoi elle était passée, moins je parvenais à me le figurer et à renchaîner notre conversation. C'était comme être devant un précipice.

— Et ta sœur ? j'ai fini par demander.
— Ça va. Enfin, je veux dire, dans ce contexte. Elle s'est mariée l'année dernière. Je crois qu'elle est remise. Elle habite près de Versailles. Quand je suis revenue en France, après l'accident, on a habité ensemble toutes les deux pendant presque un an. C'était plus facile, on se tenait chaud.
— Et toi, tu tiens le coup ?
— Oui, tu vois, je suis entière, vivante !

J'ai regardé ces yeux-là. Ses yeux si bleus qui dégageaient une lumière si vive. Mais en y décelant maintenant de la tristesse. Aussi. Partout. Perdre ses parents. Violemment. La vie ne l'avait pas ratée. Et j'étais bouleversé même si je me disais que je n'étais pas le personnage principal de cette histoire et n'avais pas le droit d'être plus éploré qu'elle à cet instant.

— J'ai un peu refroidi notre soirée, elle s'est excusée... Je fais souvent cet effet-là ! Désolée !

— Arrête tes conneries.

— Tu bois quelque chose ? elle a dit en reprenant sa coupe de prosecco. S't'plaît, me laisse pas boire toute seule.

J'ai acquiescé, heureux qu'elle m'aide à reprendre mon souffle dans cette soirée. Et je me suis occupé de nous commander à boire (une bouteille entière de prosecco) et à manger (des tas d'antipasti à partager et des raviolis que j'adorais) en faisant vaguement le spectacle avec le serveur qui était à peu près aussi italien que moi.

— Hum, c'est délicieux, elle a dit, en engloutissant une grosse portion de burrata.

Elle mangeait avec appétit. Gourmandise. Et elle me parlait avec liberté. Ouverture. Entre Anna de l'avion et Anna de maintenant, il y avait comme un grand écart. Comme si me dire la vérité sur cette partie épouvantable de sa vie avait ouvert une porte et que maintenant, elle pouvait être elle-même avec moi. Mais du coup, c'était moi qui étais moins serein quand même. Même si j'essayais de dépasser ma gêne, j'étais embarrassé. Comme un gars qui hésite à s'engouffrer dans un coin trop dark, dans une histoire trop compliquée. Je crois que ce sont les bulles italiennes qui m'ont détendu. Peu à peu, le brouillard dans ma tête s'est dissipé et devant moi, je ne voyais plus qu'elle, elle et ses putain d'yeux bleus, et ses pommettes de jeune fille et ses traits de poupée slave. Et c'était beau.

— J'ai envie de fumer, j'ai dit au bout d'un moment. Tu fumes, toi ?

— Non, mais je t'accompagne, elle a dit en se levant, cela va me faire du bien de prendre l'air.

La rue était tranquille, pourtant si proche d'avenues passantes. Nous n'étions pas loin des lieux des événements. À quelques blocks près. La veille, quand j'étais parti à pied de mon hôtel vers mon lieu de travail, j'avais dépassé Canal Street, la rue qui séparait Midtown de Downtown et je m'étais enfoncé vers Wall Street, cette partie de la ville où je n'avais jamais beaucoup traîné. Au-delà de Soho, à mes yeux, point de salut. Bien sûr, lors de mon premier voyage dans la ville, presque dix ans auparavant, j'étais allé voir la vue de New York depuis l'une des tours jumelles. Tous les touristes faisaient ça. Nous les amoureux de la ville, nous qui étions suffisamment riches et suffisamment curieux pour venir jusqu'ici, nous passions forcément par cette visite des Twin Towers. C'était obligatoire. Aujourd'hui, il ne restait plus que l'Empire State Building pour cette expérience typique. L'Empire State Building, plus petit, plus vieux qu'elles, leur avait survécu. Il restait comme un emblème de la ville. Il incarnait sa résistance. Là au milieu de la presqu'île, entouré de ses pairs, les protégeant, les veillant. Les tours jumelles avaient disparu de notre vue, de nos vies, et nous, petites fourmis débiles, nous poursuivions notre agitation vaine. C'était la seule chose que nous savions faire. Continuer. Non pas comme si rien n'était arrivé. Mais malgré ce qui était arrivé.

— Vous avez été vers là-bas avec Vincent aujourd'hui ? j'ai demandé à Anna.

Je désignais du regard la zone. Ground Zero.

— C'était peut-être glauque de ma part, mais oui, je voulais voir l'endroit où tout était arrivé. On y est passés cet après-midi. Le plus étrange, c'était la vue depuis le ferry.

— Vous êtes allés voir la Statue ?

— Non. On voulait visiter Ellis Island. Je n'y avais jamais mis les pieds.

— Moi non plus.

— En ferry, on voyait tout le bas de la ville avec un peu de recul. Eh bien, le manque des tours, la fumée qui est encore dans l'air, l'odeur, un mois après... C'était vraiment perturbant.

Anna a soupiré, puis finalement elle a tendu le bras vers ma cigarette.

— Je peux ?

J'ai souri en lui laissant ma cigarette.

— Je ne fume plus, elle a dit, en me soufflant la fumée sur le visage. Mais je rechute de temps en temps.

— Moi je fume, mais je m'arrête de temps en temps.

Ça l'a fait rire. La blague était pourtant plutôt pourrie. Mais voilà, j'avais su la remettre dans la joie. J'étais content de moi. J'ai allumé une autre cigarette toute neuve pour moi tandis qu'elle finissait la mienne.

— Ce qu'il s'est passé ici, elle a dit, tout le monde a su qu'il se souviendrait toute sa vie de là où il était et ce qu'il faisait quand il l'a appris.

Elle avait raison. Nous avions tous ressenti cela immédiatement. Cet instinct que l'événement deviendrait individuel et collectif. Qu'il nous marquerait pour tout le reste de nos vies.

— Tu étais où, toi ? j'ai demandé.

— Au boulot. Dans ma jolie tour de la Défense. L'attachée de presse de l'équipe s'est précipitée vers notre open space pour nous parler du truc. Elle avait eu l'info par une journaliste avec qui elle causait. On a allumé la télé qu'elle avait dans son bureau et on a regardé. Hypnotisés. Je sais même plus trop me rappeler si j'ai vu oui ou non le deuxième avion se crasher en direct dans la deuxième tour. Je sais plus ce que j'ai inventé ou réellement vu. C'était tellement confus.

Elle s'est tue et j'ai laissé le silence se poser autour de nous. Je crois que je n'avais pas envie de parler de mon expérience. Je n'avais pas envie de m'en souvenir. Je n'avais pas envie de lui confier ce que je ne pourrais pas cacher, à savoir à quel point j'étais devenu peureux dans ce monde hostile.

Je savais que c'était Malo qui avait provoqué cette fêlure en moi. J'avais peur parce que j'avais peur pour Malo. J'avais peur de ce monde de dingue qui naissait soudain sous nos yeux et qui nous touchait de la plus vile des manières. Y penser me faisait mal. Le problème c'est que, en vrai, elle était bien pire que moi sur cette question. Je l'ai compris quand elle a dit :

— Tu vois, depuis, je sais que cela n'arrive pas qu'aux autres. Je le sais puisque cela m'est arrivé. Et comme je sais ça, depuis, c'est dur de voir la vie comme avant. Tu vois par exemple, tout ce qui s'est passé ici, il y a un mois, ces avions détournés, crashés, ces gens sur leur siège, terrorisés, à côté de leur hublot, impuissants, fatalistes... Tout ça, ça m'a projetée en arrière avec beaucoup de violence. Et j'ai du mal à faire face en ce moment.

Tu m'étonnes, j'ai pensé. Évidemment.

Je l'ai regardée intensément. Elle a haussé les épaules, comme pour s'excuser.

— Je sais, elle a dit.

— Non, c'est OK, je veux dire, je comprends que tu sois... Je sais pas... Tu acceptes le mot « traumatisée » ?

Elle a éclaté de rire.

— Complètement barge, ouais !

— OK. Barge si tu veux. Mais c'est OK pour moi. Tu as toujours été barge de toute façon. C'est pas très différent d'avant.

Anna m'a lancé un sale regard plein de flammes.

— Tu disais que j'étais hyper chiante. Pas barge !

— Oh ! mais je le pensais aussi. On peut maintenant, y'a prescription, non ?

— OK. Si on sort les gros dossiers ce soir, je ne vais pas me gêner non plus.

— Vas-y ? Tu n'as rien sur moi ! Rien de rien.

— Tu as raison, elle a admis, t'étais tellement ennuyeux quand t'avais seize ans. Rien à signaler.

Oh la pétasse. Elle était affreuse. Je l'ai attrapée par le cou pour poser ma main sur ses lèvres et l'empêcher de continuer ses méchancetés. J'ai fait ce geste à l'instinct. Pas une seule fois, mon cerveau ne m'a envoyé de signal sur le sens de ce geste qui me faisait me rapprocher d'elle, me faisait la toucher, me faisait la sentir contre moi, maintenant, son dos collé à mon buste. Elle s'est immobilisée et a posé une main sur la mienne encore sur sa bouche pour la repousser doucement, mais sans s'écarter de moi.

— Tu ne me feras jamais taire, elle a dit doucement.

J'ai fait un pas en arrière, puis deux, et nos deux corps avaient repris leur distance.

— On y retourne, j'ai fait, en désignant du regard le restau.

Elle a lancé sa cigarette dans le caniveau et m'a suivi à l'intérieur, sans croiser mes yeux.

— C'est quand même dingue, elle a dit en s'asseyant.

— Quoi ?

— Qu'on soit là, à discuter, ici, après toutes ces années. C'est assez improbable.

— C'est vrai. Mais je m'habitue assez vite à la situation. C'est comme si c'était hier, presque.

— Oui, je vois ce que tu veux dire. On n'est pas vraiment différents alors c'est fluide.

— Oui, fluide.

— Mais quand même... Vannes et New York, et toutes ces années au milieu.

— Hum... quatorze ans ?

— La dernière fois qu'on s'est croisés, cela devait être l'année de ton bac... Tu l'as eu en quelle année ?

— 87.

— Alors oui, elle a dit, tu as raison. Cela fait quatorze ans. Waouh. J'avais pas compté. Ça fait vieux. Tu te rends compte que j'ai le double de l'âge que j'avais quand je t'ai rencontré. Mon Dieu...

J'ai ressenti son KO debout. Cela ne m'avait pas semblé si loin, à moi non plus. Parce qu'au fond, je me sentais toujours jeune, toujours proche du jeune homme de mon histoire. Mais les faits étaient là. Nous avions, chacun, beaucoup vieilli, même si nous n'étions pas des vieux, tous les deux. À trente-deux ans, je n'étais pas vieux.

— Julien ?

— Oui ?

— Il va falloir que je rentre. Je ne voudrais pas être trop impolie vis-à-vis de Vincent et de ma copine en rentrant hyper tard.

À ma montre, il n'était que 11 heures. Techniquement, à l'échelle de ma vie ici, c'était le début de la nuit. J'aurais bien continué à parler avec elle, en lui faisant boire des Cosmo ou des Manhattan dans un bar à cocktails.

— Je comprends, j'ai pourtant dit, en lui souriant de toutes mes dents. J'ai une longue journée demain moi aussi.

Voilà. Allions-nous nous revoir ? Pouvais-je compter sur son envie de continuer nos échanges encore ? Cette soirée m'avait plu. Comme nos échanges dans le vol Paris-New York. J'aimais les dialogues retrouvés avec cette jeune femme de mon passé. J'avais envie de prolonger. Alors quand nous nous sommes retrouvés sur l'avenue à faire des signes pour arrêter un taxi chacun, j'ai fait :

— Demain soir ?

— Quoi ?

— Je vais à une fête du magazine pour lequel je bosse cette semaine. Un truc privé au Guggenheim. Ça te dit de venir avec Vincent, ta copine ou qui que ce soit d'autre ?

— C'est une party privée au musée ?

— Un truc du genre.

— Ça va être chic.

— Un peu chic, un peu choc, sans doute avec des installations artistiques bizarres à critiquer et du champagne à picoler à volonté.

— Tu trouves toujours les mots pour me convaincre.

— Cool, j'ai dit, soulagé. Je t'appelle en fin de journée, comme on a fait aujourd'hui ?

— OK. Comme d'hab.

Un taxi s'est enfin arrêté devant nous. J'ai

ouvert la porte arrière et je l'ai invitée à y monter d'un geste élégant.

— Vas-y princesse, rentre dans ton château. Je prends le prochain.

Elle m'a souri, amusée puis m'a embrassé la joue à la volée, avant de monter à bord de son carrosse jaune. L'engin a démarré.

À peine avais-je refermé la portière et la ville l'avait avalée, sans qu'on puisse échanger un dernier regard.

Chapitre 3

La journée du lendemain avait été plutôt merdique. Un tas d'imprévus professionnels, doublés d'une embrouille avec Ellie au téléphone. Et puis en discutant avec une fille que j'avais photographiée cet après-midi-là, j'avais appris qu'une de mes ex, une fille d'un passé fort lointain, mais une fille super cool et super jolie, était morte, à bord d'un des avions du 11-Septembre. Celui qui s'était crashé au milieu de nulle part. Ça m'avait fait un gros coup de mou. Entre la nouvelle super tragique de la mort des parents d'Anna hier et celle-ci, j'avais comme l'impression d'être entouré d'un halo de tristesse et cela me renvoyait à la peur que je ressentais déjà depuis un mois. Depuis le 11 du mois de septembre. Je commençais aussi à me dire que j'étais venu à New York avec un peu de légèreté. J'avais convenu de mettre à distance les événements, mais c'était comme du déni. On ne pouvait pas mettre à distance un truc pareil. La ville portait des stigmates et sans doute pour toujours. Les gens ici aussi. Toutes mes rencontres professionnelles avaient été marquées depuis deux jours par des conversations évidemment tournées vers cela. C'était normal. Évident. J'avais voulu faire semblant aussi. Et cela n'était juste pas possible.

J'étais déprimé, mais bizarrement, la seule perspective de passer encore un peu de temps avec Anna ce soir-là me faisait un bien fou. Je suis repassé par ma chambre d'hôtel pour me poser, me faire beau et lui téléphoner dans le silence de ma chambre. Quand je descendais à New York, j'avais l'habitude de réserver au Chelsea Hotel. Je me la pétais carrément avec ce choix pas du tout mainstream et vaguement arty. Mais cet endroit, sa mythologie, je l'aimais à fond. Depuis le jour où j'avais utilisé son décor pour une séance photo, j'étais, comme tant d'autres avant moi, complètement tombé sous le charme de cet hôtel mythique. Encore une fois, c'était là que je m'étais installé pour mes dix jours dans la ville. La chambre que j'occupais n'était ni très grande ni très confortable, mais l'environnement était inspirant. C'était à chaque fois une dose de modernité, de fantasme, de fantômes. J'adorais. En caleçon, sortant de ma douche, je me suis effondré sur mon lit et je l'ai appelée. Avec une certaine inquiétude à l'idée que ses plans aient pu changer.

— Toujours partante pour ce soir ? j'ai demandé très vite après les politesses d'usage.

— Carrément ! elle a répondu avec énergie.

Voilà, j'étais rassuré.

— J'ai des questions précises, elle a ajouté.

— Je t'écoute.

— On vient à quatre : Vincent, Élise, le boy-friend d'Élise et moi. C'est bon ?

— Parfait.

— Autre point plus stressant : c'est une soirée habillée ?

— Euh…

— Je veux dire : faut sortir la belle robe et les talons ?

J'ai éclaté de rire devant les états d'âme de ma chère Anna. Une fille dans toute sa splendeur.

— Je veux dire : tu m'as dit que c'était une fête pour ton magazine. Ça veut sans doute dire qu'il y aura du mannequin hyper bien gaulé partout et des gens riches et chic aussi ?

— Ouais, sans doute, j'ai admis.

— Eh bien, on est dans la merde, Élise, elle a dit d'un ton hyper catégorique.

J'ai entendu une voix féminine derrière elle lui répondre :

— Mais non ! J'ai des tas de fringues hyper chic. Qu'est-ce que tu crois. J'habite à New York City, baby.

— Ça va aller ? j'ai demandé.

— Ouais, ouais, j'imagine, Anna a répondu, pas du tout convaincue en réalité. Je te laisse, j'ai du boulot côté préparation…

— Hé, Anna ? N'oublie pas un truc : *you are*

a parisian girl. Tu es chic naturellement aux yeux de toutes les Américaines de ce pays.

— Ouais, c'est ça... Fous-toi de ma gueule. Bon, je te laisse, j'ai deux heures de travail devant moi pour être chic naturellement.

— On se retrouve devant le Guggenheim dans... une heure ? Ça ira ?

J'allais à cette soirée plutôt en mode détendu. Des soirées, comme ça, j'en avais un paquet derrière moi. Ce n'est pas forcément ce que je préférais dans mon métier, mais je n'étais pas non plus dégoûté du principe de bien boire, bien manger et rencontrer des gens sympas. Car oui, dans les pince-fesses professionnels, on rencontrait aussi des gens bien. En fait, c'était même plutôt souvent. La preuve en était, cette soirée était celle du magazine *Allure*, et *Allure*, c'était Linda.

Avant de rencontrer Linda, je ne connaissais pas *Allure*. D'ailleurs, soyons honnêtes, je ne connaissais que très peu de chose de la mode en général. *Allure* était un magazine *pure player* américain que Linda Wells avait fondé. Au Guggenheim, ce soir-là, on fêtait ses dix ans. *Allure* traitait de la beauté, de la mode et faisait tout cela à l'américaine. De manière assumée. Les couv' n'étaient presque faites que par des Américaines, mannequins ou actrices de cinéma, et les annonceurs du monde entier se précipitaient pour en être afin de pénétrer le marché US en profondeur. Car *Allure*, ce n'était pas lu seulement par New York ou Los Angeles. *Allure* était partout.

Linda était une ancienne de *Vogue*, mais, à trente ans, elle avait claqué la porte du leader pour créer son truc. Et ça avait marché. Et puis un jour, il y a sept ans, j'avais croisé sa route et entre nous deux, ça avait marché aussi. Pour des raisons qui n'avaient rien de sentimental ou sexuel, on s'était en quelque sorte reconnus. Linda m'avait repéré pendant la fameuse saison des défilés à Paris, repéré parce que je crois que je devais être le pire modèle du monde en matière de défilé. Maladresse, stress, style balai là où on sait, j'avais été terrible. Mais cela m'avait permis de rencontrer Linda. Elle disait que je ressemblais à son petit frère. Elle disait qu'il était beau comme moi, têtu comme moi, un brin arrogant et franchement vivant comme moi. Je ne sais pas expliquer, on s'est vraiment bien entendus. C'était comme rencontrer une alliée. Une alliée professionnelle, mais pas que. Grâce à elle, j'ai fait à cette époque la couverture de son magazine. Ce n'était pas génial côté finances parce qu'en fait, ça ne paie pas, une couverture. Ce n'est pas ça, l'intérêt. Faire une couverture d'un grand magazine, ça vous fait surtout gagner en visibilité, en notoriété, et les marques vous repèrent et vous demandent pour une pub et là, ça paie. Vraiment. C'est grâce à cette couv' que j'ai commencé à faire davantage de publicités, notamment aux US et au Japon. Et c'est là que j'ai vraiment mieux gagné ma vie et que j'ai pu faire des sérieuses économies. Je voyageais beaucoup, mais soyons sérieux : j'étais payé grassement à ne pas faire grand-chose. Bien sûr, je n'étais pas une fille et dans ce milieu, une fille qui marche bien, ça gagne beaucoup, beaucoup plus. Mais ce n'était pas l'idée de me plaindre, car ce qui m'arrivait depuis le début était de toute manière inespéré.

Pendant cette période un peu dingue qui a duré au moins deux ans, je croisais Linda de temps en temps, on se faisait une soirée à New York ou à Paris et on rigolait comme des gamins. J'aimais beaucoup Linda et avec elle, j'ai commencé à parler de mes projets de faire autre chose. De mes projets de passer derrière l'appareil-photo. Bien sûr, comme elle était américaine et que comme pour elle tout était possible, dans la vie, elle m'a encouragé à le faire, à me réaliser. Qu'est-ce que tu as à perdre ? elle m'a demandé. Rien. Je n'avais rien dans la balance à perdre. Alors, j'ai commencé. Doucement. Mon chemin. Un peu n'importe comment. Ma première stratégie, ça a été de m'acheter du matériel d'occasion, dans l'une des boutiques spécialisées du boulevard Beaumarchais, et de prendre des photos de ma vie de mannequin. Dans les castings, je mitraillais les mecs qui attendaient. Comme moi. Souvent longtemps. Pour rien. Ils avaient leurs écouteurs sur les oreilles, ils lisaient. Ils s'ennuyaient. Dans les loges de maquillage, je photographiais aussi. Dans le studio photo, je faisais moins mon kakou car mon objectif était tout autre : j'étais là pour prendre la pause et surtout en profiter pour poser le maximum de questions aux photographes sur leur technique, sur le choix de la lumière, sur le cadre. C'était là, mon enjeu. J'avais accès à des grands noms, j'avais accès à leurs assistants. J'avais accès à l'assistant de l'assistant. C'était une école du réel et j'en ai profité.

Au bout de six mois de ce régime intensif, j'avais presque des milliers de photos que j'avais développées moi-même dans ma chambre noire maison. Mais cela ne me satisfaisait pas. Il me manquait des bases techniques. Il me manquait des choix artistiques. Il me manquait un projet. Je me décourageais. C'est mon pote Marc qui a lancé l'idée. Il était en train de regarder des tirages qui séchaient chez moi, dans mon salon, accrochés à un fil. Il a regardé de près une photo en particulier : un mec dans un casting pris de trop près avec une lumière pourrie et il m'a dit :

— Pourquoi tu ne demandes pas à un des photographes de tes shootings de t'apprendre ?

Je savais qu'il trouvait que ce que je faisais n'était globalement pas terrible. Il avait raison. Il avait beau ne rien avoir à faire ni avec la photo, ni avec l'art en général (il est restaurateur), il savait.

— Genre un stage, il a continué. Ou comme un apprenti. Je ne sais pas, ils doivent bien avoir des gens qui les aident, non ?

— Ils ont des assistants. Des mecs ou des filles qui courent partout pour servir le photographe.

— Ben voilà, tu te proposes, sans forcément

gagner de fric ou quoi et en échange, tu lui dis que tu veux apprendre. Tu as quoi à perdre ?

Encore cette phrase. Tu as quoi à perdre. Cette fois-ci, j'avais un peu à perdre. Devenir assistant, cela voulait dire passer du temps à ne pas être mannequin. Donc moins d'argent au final. C'était un choix à faire. Mais bordel, j'avais vingt-quatre ans, j'allais être modèle encore combien de temps ? Rien n'était assuré. Et après ? Je ferais quoi, après ? Cette question me taraudait l'esprit. Évidemment. Car après, c'était le vide intersidéral. Et le sentiment qui pointait alors dans la majorité des cas, c'était que j'étais quand même une grosse merde. Niveau estime de soi, c'était zéro pointé.

J'ai fini par me trouver un job d'assistant-photographe dans un grand studio parisien. Au début, mon job consistait surtout à gérer l'ego du photographe qui était énorme (l'ego), à courir après son matériel photo, ses cafés, ses maîtresses et à parlementer avec les stylistes de la marque pour laquelle on travaillait pendant le shooting pour les empêcher de le faire chier et d'imposer des contraintes débiles en lien avec leur charte graphique ou les marottes de leur P-DG. J'ai beaucoup appris de cette époque. Beaucoup et sans forcément toucher un appareil-photo. Et comme j'étais encore souvent devant l'appareil, je savais aussi comment diriger un modèle, comment exprimer ce qu'on attendait de lui. Et puis quand Linda est passée par Paris cette année-là, je lui ai montré mes premiers travaux. Elle n'a pas hésité une seconde et m'a offert mon premier contrat de photographe professionnel. J'étais lancé.

Ce soir-là, pour aller de Chelsea à l'Upper East Side, j'ai pris le métro. Celui-ci me déposait à deux blocks à peine du musée Guggenheim. Cela me permettait de marcher un peu aussi, moi qui n'avais fait que rester enfermé toute la journée. En sortant de la station, j'ai longé tranquillement Central Park sur la Cinquième Avenue et très vite, l'étrange architecture du musée s'est offerte à mon regard. J'aimais beaucoup ce bâtiment circulaire, blanc avec ses ombres noires, si graphique. J'avais l'impression d'un immense pot de fleurs posé au milieu d'un carrefour. Mais sans les fleurs. Et je savais d'avance que l'intérieur était encore plus impressionnant et amusant, avec cette longue rampe qui tournait, tournait, tournait jusqu'à la jolie verrière en son sommet. En arrivant à la porte d'entrée du bâtiment, j'ai jeté un coup d'œil à ma montre. 21 heures pile. J'étais à l'heure. Mais à l'évidence, j'étais le seul. Car si pas mal d'invités faisaient la queue pour accéder à la soirée, un rapide coup d'œil circulaire m'avait permis de vérifier qu'Anna et sa troupe n'en faisaient pas partie. Je me suis écarté de la petite foule et sur le trottoir, j'ai allumé une cigarette d'attente et d'anticipation, puisque cela me serait interdit, plus tard, à l'intérieur du musée. Le ballet des voitures sur la Cinquième Avenue était intense. Pas mal de taxis, mais pas seulement. Je me demandais quelle vie on avait quand on était en voiture, un soir de semaine, à Manhattan. On rentrait du travail, direction le New Jersey ? On sortait avec sa voiture avec chauffeur pour un restaurant plus loin dans le bas de la ville ? On visitait ? C'était toujours fascinant, pour moi, d'essayer de comprendre l'endroit où mes pas m'avaient conduit. J'avais ressenti cela très fort la première fois où j'avais mis les pieds au Japon, par exemple.

J'étais probablement perdu dans mes pensées, les lèvres accrochées à ma cigarette, car elle s'est présentée devant moi sans que je ne remarque son arrivée. Et là, je dois dire que mes yeux n'ont tout d'abord pas compris qui ils voyaient. Anna avait remonté ses cheveux en un chignon très haut, très serré, très classique. Cela lui donnait un air presque sévère et froid. Mais cette beauté-là n'est pas restée froide très longtemps, car elle se présentait à moi avec un magnifique sourire.

— Elle est jolie, cette robe, j'ai taquiné avant de me pencher vers elle pour embrasser ses joues.

— Oh ça va, je n'avais pas trop le temps de faire les boutiques. Et puis j'ai quand même sorti les talons !

— Je rigolais, j'ai précisé en continuant à la regarder de bas en haut. Tu es top, comme ça.

Et je le pensais. Anna avait une allure folle dans ce simple ensemble pantalon noir très ajusté, petite veste noire ouverte sur une chemise blanche et hauts talons de dix centimètres au moins. Un côté smoking Saint-Laurent. Un effet qu'elle n'avait sans doute pas recherché non plus, tant cela sentait l'improvisation. En fait, je n'avais pas vraiment menti quand je lui avais dit au téléphone qu'en tant que Parisienne, elle serait forcément élégante comme il le fallait. Je le comprenais maintenant que mon métier, c'était la mode et que j'avais vécu ailleurs qu'en France. Il y avait un truc dans l'air de notre pays. Les filles savaient choisir pour elles ce qui leur était favorable. Et Anna avec ses légendaires jambes de gazelle et son cul bien haut placé avait trouvé un parfait pantalon serré pour mettre le tout en valeur sans vulgarité. J'appréciais en fin connaisseur. Et ce n'est pas passé inaperçu.

— Bon, tu as fini de me reluquer, elle a dit pour me stopper. Je te présente Élise, Sean et Vincent... que tu connais déjà bien sûr.

Je me suis tourné vers mes trois autres invités sans cacher mon amusement. Anna me faisait rire avec son franc-parler.

— Le fameux Julien ! Élise s'est exclamée en se penchant pour me faire la bise.

— Fameux ? j'ai réagi.

— Une légende depuis trois jours ! Julien beau gosse, Julien photographe, Julien, Julien, Julien...

J'ai jeté un coup d'œil rapide vers Anna. Je pouvais parier qu'elle faisait la tronche. Bingo. Mais moi j'étais content. Ça me renseignait un peu sur le niveau d'intérêt que Miss Sobieski pouvait avoir pour moi. Un vrai ado en somme. Mais Anna est intervenue très vite :

— Élise ?

— Hum ?

— Ta gueule !

— Comme c'est charmant ! On dirait qu'elle va me mordre.

— Fais gaffe à tes fesses, Élise !

— Ce sont les tiennes qui vont prendre si tu continues comme ça.

Le dénommé Sean me tendait déjà sa main, presque indifférent à la bagarre dont nous étions témoins. Il devait être habitué. Pour moi, leur numéro était nouveau et je le trouvais plutôt bon. Elles m'amusaient les donzelles, à se chauffer comme ça, sans se gêner.

— *Hi, I'm Sean. Nice to meet you and sorry for the girls.*

Son accent n'était pas américain même si son anglais était parfait. Pas british non plus.

— C'est mon trader irlandais. Pas setter, tu vois ?

Élise avait l'air de ne pas avoir la langue dans sa poche. Élise avait l'air de ne pas être très frileuse non plus. Assez petite, assez ronde, elle était tout en poitrine et dans un format très généreux. Elle avait aussi l'œil pétillant et la réplique facile.

Sean a levé les yeux au ciel. Visiblement, la blague de la miss était récurrente. Je l'ai trouvée drôle quand j'ai fini par la comprendre.

— *I'm Julien*, j'ai répondu en serrant vivement sa main. Salut Vincent, j'ai enchaîné. Tu vas mieux depuis hier ?

— Ah, elle t'a raconté, il a répliqué en fusillant Anna du regard. La saleté. Ouais, ça va mieux. Merci.

Voilà, nous étions au complet et cette petite troupe nouvelle qui était la mienne me plaisait plutôt bien. Je me suis tourné vers Anna. Elle était vraiment belle. Et ça embellissait d'avance ma soirée.

Nous nous étions déjà beaucoup amusés, nous, le petit groupe de Frenchies, égaré dans le beau bâtiment du Guggenheim. Comme c'était une première fois pour Vincent, nous avions commencé par visiter le musée en tant que tel. En montant par l'ascenseur jusqu'au dernier niveau, comme il se doit, afin de redescendre à pied et lentement la longue rampe en colimaçon. Du haut, nous entendions les bruits de la fête qui se déroulait en bas. Mais les galeries d'exposition étaient calmes, presque désertes. Le contraste était saisissant.

Tandis qu'Anna et son à nouveau très en forme Vincent avançaient devant nous, j'étais au côté d'Élise et de son Sean. Leur compagnie était agréable. Comme moi, Élise avait la fibre artistique. Elle travaillait comme designer pour une agence qui s'occupait de produire des contenus graphiques animés. Des génériques d'émission télé, des bandeaux pub, des promos. J'aimais son énergie volubile autant que le calme de son Sean. Et entre les œuvres de Klee ou de Klein, nous discutions tous les trois avec une étrange facilité.

Ils m'avaient appris que Sean, comme tous les Irlandais, disposait d'une carte verte pour vivre et travailler aux États-Unis. La fameuse Green Card. C'était une situation dont il avait voulu profiter, sans se poser de question. Et avec ses parents plutôt riches en soutien, à dix-huit ans, il était venu poursuivre ses études à la NYU. À présent, il travaillait pour une banque suisse, installée à New York, comme trader. Un métier de dingue, à mes yeux. Sachant que le Sean en question, avec son petit visage de poupon blond, ses jolies lunettes rectangulaires d'intellectuel et son petit polo noir, avait encore l'air d'un gentil étudiant. Un étudiant qui devait gagner pas loin d'un million de dollars par an. Élise, ça la rendait dingue. Son boulot, ce n'était pas la misère, mais elle ne roulait pas sur l'or. Pourtant, elle avait l'impression de se défoncer tout autant que lui.

— *It's the market law, baby*, il a lancé en l'enlaçant tendrement. *There's nothing we can do !*

— Tu parles, elle a grogné. Elle se casse la gueule, en ce moment, ta foutue loi du marché.

Elle n'avait pas tort. La Bourse se ramassait, depuis un mois. Même moi, j'avais commencé à sentir la différence dans mon métier, mon marché avec des annonceurs qui faisaient moins de pub. Avec cette psychose du monde occidental, moins de conso, plus de peur. Du coup, Sean réfléchissait à rentrer à Dublin. Mais avec les quatre dernières années à remplir son compte en banque de ses primes et salaires vertigineux, il pouvait voir venir dans ses projets.

Concentrés sur nos discussions capitalistes, nous avions perdu de vue depuis un certain temps notre petit couple. En entrant dans une nouvelle salle du musée, nous avons découvert l'expo du moment, consacrée à un certain Norman Rockwell. C'était un illustrateur qui avait fait des centaines de unes de grands magazines américains pendant l'entre-deux-guerres. Ses dessins avaient tous un peu en eux la nostalgie d'une Amérique simple, celle des petites villes, avec des petites gens. Je trouvais ça pas mal. Un peu vide de sens quand même. Peut-être un peu trop figuratif à mon goût. Il me restait des traces dans l'ADN de mes deux années aux Beaux-Arts même si, avec le recul, j'avais dû sûrement gâcher ce que j'avais eu tant de mal à obtenir. Tant pis. J'avais réussi à me retourner. Ce n'était déjà pas si mal. Même si, au fond, je n'avais pas non plus de quoi être très fier.

Sean et Élise sont restés un peu en arrière, devant une illustration de Rockwell, encore plus naïve à mon goût que toutes celles que j'avais vues jusque-là. J'ai accéléré et en entrant dans une nouvelle salle, je les ai vus. Anna, Vincent. Les lèvres vissées les unes aux autres. Dans un baiser torride, humide, sensuel. Ça m'a envoyé une décharge dans le cerveau et le sexe en même temps. Leur baiser se prolongeait et moi, debout, les bras ballants, à dix mètres d'eux, même pas vraiment caché, je ne pouvais détacher mon regard de ce pur moment de sexualité verticale et habillée.

Ça a duré, quoi, une minute supplémentaire ? Puis Vincent a tendrement repoussé sa belle et en rigolant, il lui a dit :

— Allez, arrête tes conneries, Anna. On continue.

Ce qui avait été de l'ordre du calvaire et du délice en même temps s'était arrêté. Anna a laissé Vincent s'échapper plus loin et elle s'est tournée vers une illustration près d'elle. Son regard a obliqué vers moi. Elle m'a vu et m'a interpellé aussitôt.

— Viens voir ici, Julien. Viens me dire ce que tu vois.

Ce que je voyais était somme toute soudain beaucoup plus intéressant que tout le reste. Je voyais une petite fille. Toute de blanc vêtue. Élégante. Marchant sur un trottoir. Avançant. Seule. Un livre jaune et rouge au bout d'un bras. Pourtant, autour d'elle, devant, derrière elle, dans cette rue, d'autres gens marchent. Des hommes. En costume. On ne voit pas leur visage, leur corps en entier. Juste leurs mains croisées, leurs pieds en chaussures de cuir. Il y a plein de messieurs sérieux autour d'elle. Des messieurs tous blancs et très pressés. Mais elle est pourtant seule au milieu d'eux. Et elle est noire.

— Tu as vu le titre ?

— *Study for « The Problem We All Live With »*, elle a lu en se baissant un peu.

— 1964, j'ai ajouté.

— Les droits civiques.

— Il s'est enfin réveillé, le Norman. Il était temps.

— C'est réussi, hein ?

— Carrément.

Et cela m'a sauté aux yeux. D'un coup d'un seul. L'évidence de notre complicité. Comme avant peut-être. Mais surtout dans le présent. On s'est souri. J'ai espéré alors très fort que c'était à cause de cette évidence, pour elle aussi.

— Bon, alors, elle a dit, on va profiter de cette fête ou non ?

— OK, *let's go* !

Une fois le signal donné, nous avons tous les cinq accéléré notre descente vers l'épicentre du musée : la soirée d'anniversaire des dix ans du magazine *Allure* ! Et dans la grande salle de cocktail complètement pleine de tout ce que New York comptait de VIP de la mode, on s'en est donné à cœur joie. Les deux filles ont commencé à profiter des coupes de champagne et des petits-fours. Elles se promenaient avec un radar à délices et nous revenaient, à nous les trois garçons plantés devant un guéridon, avec des assiettes remplies de bonnes choses.

— Goûte ça ! C'est délicieux !

Anna m'a mis dans la bouche un petit canapé au foie gras. Et elle n'avait pas tort. C'était délicieux. J'en ai repris un autre dans l'assiette posée devant nous.

— C'est génial, cette fête ! s'est exclamée Élise. Merci pour le plan !

Sean m'a jeté un coup d'œil et a acquiescé d'un air entendu. Oh oui, il appréciait lui aussi, mais ce n'était pas un radar à bouffe qu'il avait lancé, lui, mais un détecteur à jolies filles. Ça se voyait qu'il n'en croyait pas ses yeux de tous ces jolis mannequins qui passaient et repassaient devant nous.

— Ça va aller ? Tu veux des jumelles ?

Élise venait de lui secouer les puces, pas du tout naïve sur le manège.

— Je regarde, je touche pas !

— Il ne manquerait plus que ça !

— Merde, on dirait qu'elles ont à peine seize ans, a lancé Anna, en regardant passer devant nous trois nouvelles jeunes filles.

— C'est sûrement le cas, j'ai affirmé.

— Super ! Sean, ça fait de toi un pédophile !

— Quoi ? Tu délires ou quoi ? il s'est révolté. Je n'ai rien fait. Juste regardé ! OK ?

— Ooooh, ma coupe est à nouveau vide, a répondu Élise, sans plus le regarder. Anna, tu m'accompagnes ?

Elles sont parties en trottinant sur leurs hauts talons respectifs et en riant comme des petites folles. J'ai aperçu un large sourire sur le visage de Vincent qui les observait s'amuser.

— Ça fait plaisir, il m'a dit, en croisant mon regard.

Puis il a soupiré. De contentement ou de fatigue. Je ne savais pas trop bien dire.

— Ça va aller ? j'ai demandé en me rapprochant de lui.

— Oui, oui. Merci. Et c'est tellement bien que tu nous offres la possibilité d'une soirée pareille. Ça fait du bien.

J'étais perplexe. Il semblait beaucoup trop reconnaissant soudain.

— Non, c'est rien. En plus c'est vous qui me rendez service. Je m'amuse bien avec vous.

Vincent m'a dévisagé soudain avec beaucoup d'attention. Puis il a semblé comprendre quelque chose.

— Bien sûr, elle ne t'a pas dit pourquoi elle était là...

— À New York, tu veux dire ?

— Ouais.

— Tourisme ? J'ai faux ?

Vincent a poussé un long soupir. Il était las, ça se voyait. Comme s'il devait assumer une histoire, encore et encore.

— Elle est venue pour la négo avec les avocats de la Swiss Air.

— De quoi ?

— Le crash de l'avion. Tu sais, ça.

— OK. Ses parents. Mais pour négocier quoi ? j'ai dit perplexe.

— Le dédommagement. Pour les familles de victimes.

— Ah...

— Comme je suis juriste, elle m'a demandé de l'aide. Mais entre nous, juridiquement parlant, je ne sers pas à grand-chose et puis c'était juste glauque et le rendez-vous d'aujourd'hui était particulièrement affreux. Je ne sais même pas comment elle tient depuis trois ans.

Plus il me parlait, plus je me sentais comme un con. À l'écouter me dire ce qu'elle n'avait pas eu envie de me raconter. Jour après jour, la Anna que je retrouvais épaississait son mystère. Mais je réalisais surtout quelle drôle de vie (et « drôle » n'était sûrement pas le mot le plus approprié) était la sienne.

— Tous ces trucs, à propos de la disparition de ses parents, ça la broie. Elle ne voulait pas venir. Elle ne voulait pas être à ce rendez-vous cette semaine alors que la présence des familles est capitale. Alors je l'ai convaincue en lui promettant d'être là avec elle. Mais aujourd'hui, ça a été abominable. Elle a craqué en sortant. Je l'ai suppliée de pleurer pendant les rendez-vous la prochaine fois. Ça ne l'a pas fait rire du tout.

En parlant, le visage de Vincent lui-même semblait craquer, en se rappelant peu à peu ce qui l'avait fait craquer, elle. J'étais confus. Perdu. Content de savoir. Pendant quelques secondes, Vincent s'est tu et il en a profité pour avaler cul sec ce qu'il lui restait de champagne dans sa coupe.

— C'est quoi, l'enjeu ? j'ai fini par oser demander.

— Établir le prix d'une vie. Ou de deux, dans le cas qui nous occupe. Et ce dont on se rend compte, par ailleurs, en venant ici, c'est que visiblement le prix d'un Américain à l'air d'être plus élevé que celui d'un Européen. Je n'ose pas imaginer s'il y avait eu des Africains à bord.

— C'est cynique.

— Ouais. Je crois que tout ça, ça l'a fait dériver un peu ce soir. Alors oui, elle boit trop de champagne, elle parle trop fort, elle fait la folle. Mais je pense qu'elle a besoin de lâcher prise. Et tu lui as permis de le faire ce soir.

Un jour, Vincent m'en dirait encore davantage sur ce fameux voyage à New York et cette conversation que nous avions là. Il me raconterait combien ça avait été une bonne chose que je les invite ce soir-là. Anna et lui venaient de vivre une journée épouvantable au tribunal. Il avait redouté cette épreuve pour elle, il n'avait pas été déçu : en sortant du tribunal, Anna s'était effondrée sur le trottoir en larmes et en colère d'être sans sa sœur, Marie, pour gérer cette merde qui consistait à déterminer le prix de la vie de son père et de sa mère. Elle se sentait sale. Elle se sentait seule. Elle l'avait remercié d'être là. Et puis une fois rentrée chez Élise, dans une espèce de up and down qu'il constatait si souvent, Anna avait changé d'humeur, excitée comme une puce, à l'idée de sortir faire la fête et retrouver son cher Julien de jeunesse. Et c'est à ce moment-là, après avoir pas mal douté, que Vincent avait consciemment décidé que ce mec, ce Julien, était un mec bien parce que lui seul, depuis trois ans, avait réussi à susciter cela : de la joie. Forcément, il était bien. Forcément, ça allait l'aider. Alors Vincent avait décidé de m'aider à mieux décrypter et accepter la jolie et folle Anna.

Voilà. Maintenant c'était moi qui étais down. Complètement fracassé. Blessé aussi, même si j'essayais de me dire que je n'étais pas la personne la plus importante de cette tragédie dans sa vie. Oui, mais alors quoi ? J'étais qui dans sa vie, en fait ? Ou plutôt, elle me laisserait être qui ? Ça m'a donné l'envie d'affronter la suite et d'aller à l'essentiel avec Vincent.

— Anna et toi, vous êtes ensemble depuis combien de temps ?

Vincent a pouffé.

— Ensemble ? Tu rigoles ?

— Ben non...

— C'est à cause de la pelle qu'elle m'a roulée ?

— Oui de ça et d'autres trucs.

— Ce n'est rien, ça, Julien. C'est un jeu stupide.

— Ça avait l'air intense, j'ai dit quand même.

J'avais même trouvé cela hyper sexuel dans les faits et cela m'avait excité de les regarder. Mais pas que. Vincent n'a pas perdu une miette de ma dérive à moi.

— Anna t'a pas dit ?

— On dirait qu'elle ne me dit pas grand-chose en fait.

— Je suis gay, Julien. À 150 %.

— Ah OK, j'ai répondu un peu comme un con. Mais pourquoi elle fait ça ?

— Pour faire chier ! Un jeu débile, je te dis. Anna a fait le pari de me faire craquer un jour pour une femme. Elle peut être super chiante quand elle a une idée derrière la tête.

— Ouais, j'ai dit, sans réussir à dissimuler mon soulagement. Je crois que je sais. Elle peut être méga têtue. C'est pas nouveau.

— Elle était comme ça, ado ?

— Pire ! j'ai répondu en rigolant.

— Bordel, je ne veux pas imaginer ce que cela pouvait donner avec la crise d'adolescence par-dessus.

— Tu la connais depuis quand exactement ?

— Six ans. On a bossé dans la même boîte, pendant un temps.

— Tu la connaissais quand c'est arrivé, j'ai commenté presque pour moi-même.

Vincent a eu l'air embarrassé. Ce flash-back semblait être douloureux même pour lui. Mais en fait, je l'ai surtout vu me scruter, comme s'il voulait lire tout en moi.

— J'ai un truc coincé dans les dents ?

— Hein ?

— Tu me regardes bizarrement.

— Je voudrais que les choses soient claires, cher beau gosse venu du passé. Anna est très précieuse pour moi et elle n'a pas besoin de nouvelles merdes dans sa vie. Est-ce que je suis clair ?

— Tu es en train de me dire quoi, exactement ? j'ai demandé, décontenancé par son changement radical de ton et d'attitude.

Vincent a haussé les épaules, perdant d'un geste toute sa crédibilité.

— Laisse tomber, je faisais mon Don Corleone. Mais ça ne marche pas. Je ne suis qu'un petit juriste de Versailles.

J'ai éclaté de rire.

— Ben disons que tu m'as presque fait peur, j'ai dit pour le flatter. Mais c'est vrai que tu n'es pas Marlon Brando non plus.

Dans le fond, j'étais content de comprendre qu'Anna était entourée d'amis comme lui. Il l'aimait, il voulait la protéger. C'était aussi pur que cela.

— Est-ce que tes intentions sont nobles ? il a fini par demander.

— Elles le sont, j'ai confirmé. Et tu connais les siennes ?

— C'est Anna ! Elle est infoutue de parler de ça. Mais je ne suis pas imbécile. Je la connais. Elle est contente de t'avoir retrouvé.

— Moi aussi. Vraiment.

Étais-je adoubé ? Peut-être. En période probatoire ? Plus certainement. Pourtant, à ce Vincent quelque peu pompette, j'avais envie de poser mille autres questions. Accroché à mon désir d'en savoir davantage sur ce qu'avait été sa vie ces quatorze dernières années. Comme un puzzle dans lequel je voulais progresser. Vincent a hoché la tête, dubitatif ou encore en recherche d'effet « Don Corleone, le retour », mais finalement, il m'a tendu sa coupe de champagne à nouveau pleine (mais à quel moment avait-il réussi ce tour sans que je ne me rende compte de rien) et a trinqué avec moi.

— À vos retrouvailles !

Anna, Sean et Élise arrivaient près de nous. Je le savais parce que le rire d'Anna dépassait de bien loin le niveau sonore des autres invités près de nous. Anna était une vraie chipie sur hauts talons. Et cela m'amusait tout en me faisant un peu peur. Parce que soyons clairs : moi, j'étais encore en train de bosser ce soir. Tous ces gens étaient de ceux qui me faisaient vivre et notamment, ma chère Linda, grande prêtresse de la soirée. Cela dit, je savais que Linda m'aimait bien et saurait me pardonner les excès de mes amis. Linda qui justement, venait d'apparaître près de notre petit groupe, telle une impératrice d'Égypte, accompagnée de deux ou trois esclaves. Je l'avais vue ce matin, au démarrage du shooting. Mais la Linda du matin et celle du soir, un monde de paillettes et de diamants les séparait. C'était amusant, parce que je savais aussi combien elle pouvait être une personne simple. Une small town girl du fin fond de l'Iowa ou un État américain du même genre. Un peu comme moi et mon petit royaume breton et mon statut de petit artiste monté à la capitale. D'ailleurs, je suis certain que cela nous avait connectés et liés. Linda avait une toute petite quarantaine d'années, mais sa blondeur était juvénile, sans compter les peut-être quelques astuces de bonne guerre pour paraître plus jeune, quoi qu'il en coûte.

— Juju ?

— *Linda*, j'ai supplié, *don't call me like that !* Elle a pouffé comme une gamine.

— *I can't help it !*

Personne avant Linda ne m'avait jamais appelé Juju. Surtout parce que je n'avais jamais autorisé personne à le faire avant elle. Je détestais cela. Profondément. Et d'ailleurs, Anna devait le savoir, car elle m'a regardé avec des yeux ronds.

— Linda, je te présente des amis que j'ai invités ce soir. Anna, Vincent, Élise, Sean.

Elle a serré la main de chacun d'entre eux en souriant de toutes ses dents joliment refaites.

— *Do you have fun, guys ?*

Oui nous avions du fun. Mais moi, j'étais agité. Je regardais Anna et je lui en voulais de toutes les choses qu'elle m'avait cachées ou fait croire. Je la regardais sourire, parler, boire, manger, et je me demandais aussi comment j'avais fait toutes ces quatorze années pour pas regretter cette époque où je la regardais sourire, parler, boire, manger. C'était une telle évidence, là, soudain, pour moi. Tout court. Alors j'ai plongé.

Je me suis approché d'elle, j'ai touché son bras puis je m'en suis saisi.

— Viens, j'ai dit doucement en m'approchant de son oreille. J'ai un truc à te montrer.

Sans hésiter, j'ai tiré sur son bras et elle n'a pas opposé de résistance, elle me suivait.

— Tu m'emmènes où ?

Je n'ai pas répondu et j'ai continué à l'emporter loin de cette salle, de ce monde, de ces observateurs, de ses amis. Je ne savais même pas où nous diriger, mais quand j'ai aperçu la rue, dehors, sous les lumières de Manhattan, j'ai pris la direction de la sortie.

— Qu'est-ce qui se passe ? elle m'a demandé.

J'ai lâché son bras et je me suis posé face à elle en me demandant encore ce que j'allais faire, dire, entreprendre. Devant mon silence, elle a froncé les sourcils. Puis défroncé les sourcils.

— Julien ? elle a demandé très doucement.

— Pourquoi tu ne m'as pas dit pour le procès ? j'ai lancé alors très vite. Les avocats ? La négo ?

— Euh, je devais ? elle a répondu, décontenancée.

— Pourquoi tu m'as fait croire que Vincent était ton mec ? j'ai enchaîné.

— Je n'ai pas vraiment dit ça, elle s'est défendue en rougissant. C'est toi qui...

Mais j'ai coupé court :

— Tu as un mec, Anna ?

— Quoi ?

— Est-ce que tu as un mec dans ta vie ? Un mec ? Un mari ? Un amant ? Un copain ?

— Euh, non, je...

Pas la peine d'en savoir plus. J'ai saisi son visage à deux mains et j'ai collé mes lèvres sur les siennes. Voilà, elle avait quelqu'un maintenant. Et c'était moi.

PARIS

*Non non non non non non non non
Je ne suis plus soûl
Un peu à bout c'est rien
Moi je veux de toi
C'est tout.*

Miossec, *Non non non non*, 1995

Chapitre 1

Mon avion s'est posé à Roissy au petit matin. En ce premier dimanche de novembre, la ville que le taxi a traversée jusqu'à mon appartement était grisâtre et calme. Après avoir posé mes valises, j'ai tourné en rond quelques minutes dans l'appart sans parvenir à tenir en place. Pour la première fois de ma vie à Paris, j'avais le sentiment que la ville était habitée. Comme si son fantôme avait toujours été là, toutes ces années, et que maintenant je le savais. Alors j'ai pris la décision d'aller marcher dans son quartier. Tranquille. Entre les vendeurs de guitares et les salons à hôtesse, je naviguais sur le trottoir. Pour la première fois depuis un bail, j'étais parti avec mon appareil-photo dans le sac et j'y allais de mes petites photos sur le chemin aléatoire que j'empruntais. Il y avait du gris dans le ciel, de la solitude dans ma vie, mais j'étais heureux. J'étais bien. Je savais pertinemment que mes pas étaient en train de me conduire jusqu'à elle. Je le savais intimement. Comme on sait que quelque chose va vous arriver.

Elle m'avait dit qu'elle vivait dans le IXe, vers le haut de la rue des Martyrs. À notre échelle de Parisiens, on était voisins. Certes, elle ne m'avait pas donné son adresse précise mais m'avait expliqué qu'un fleuriste était installé au pied de son immeuble. Et puis j'avais son numéro de portable. Ça n'allait pas être sorcier.

— Anna ?

— Salut.

— Tu m'as reconnu ?

— J'ai ton nom qui s'affiche.

— Oui, je suis bête. Je te dérange ?

— Je bouquinais.

— Oh. Ça veut dire oui ?

— Ça ne veut rien dire... Je...

— Anna ? j'ai coupé. Je suis devant ton immeuble. Tu es à quel étage ? Tu es côté cour ou côté rue ?

Il y a eu un blanc. Grand. Elle avait comme lâché son téléphone. Dans le silence de la rue, le silence de l'appareil, j'ai levé les yeux vers la façade de l'immeuble dont un fleuriste occupait le rez-de-chaussée. Une fenêtre s'est ouverte. Cinquième étage et je l'ai vue apparaître. Son visage, même de loin, m'avait manqué. Je n'ai pas pu m'empêcher de lui sourire. Je n'ai pas bien vu si elle y répondait. Je l'ai vue reculer, mais elle n'a pas refermé la fenêtre puis je l'ai à nouveau entendue me parler dans le portable collé à mon oreille.

— 5811A. Cinquième étage, à droite en sortant de l'ascenseur.

Mon cœur a bondi dans ma poitrine et elle a raccroché. J'ai foncé jusqu'à la porte, avec des ailes qui me poussaient dans le dos. Mon instinct me disait que ça allait être bien. Je la voulais trop.

Nos retrouvailles après New York.

Nos retrouvailles après nos retrouvailles.

Nous.

Elle avait été dans mes pensées bien plus que je n'avais osé l'admettre tout ce temps depuis New York. Elle avait été dans chacun de mes pas. Dans chacune de mes actions. Dans chacun de mes rêves. Dans chacune de mes nuits blanches. Depuis combien de temps n'avais-je pas ressenti un tel élan ? Une telle énergie ? Une telle envie d'en découdre avec la vie ? Et voilà, j'étais rentré de New York ce matin même, presque dix jours après elle et j'allais la retrouver. Enfin.

Anna avait entrouvert la porte et à travers les grilles du vieil ascenseur, j'ai aperçu son visage qui me guettait. L'ascenseur poussif m'a enfin déposé à son palier et je suis sorti de la cabine comme on sort d'une cage. Impatient. Sur le palier, elle a fait quelques pas pour m'accueillir. Elle n'avait toujours pas prononcé un mot, mais je pouvais voir sur son visage de l'ouverture. Elle a esquissé un sourire puis en me montrant son accoutrement, un bas de pyjama, un vieux sweat, elle s'est excusée de sa tenue d'intérieur.

— On est dimanche matin, tu as le droit, j'ai fait en haussant les épaules.

Je me suis approché pour la saluer. Des bisous sur les joues, un baiser fougueux ? J'étais empêtré dans mes doutes. Pour une fois, j'aurais préféré être aux États-Unis, je l'aurais *huguée*, en la serrant contre moi et les choses auraient été moins compliquées. C'est elle qui a choisi. C'est elle qui a agi. Elle est montée sur la pointe de ses pieds nus et a posé ses lèvres sur ma joue puis elle s'est retournée et m'a entraîné dans son appartement, m'invitant à la suivre sans un mot. J'ai obéi et je suis entré dans son monde. Pour toujours.

Son monde était un petit appartement sous les toits. Avec des murs pentus, des coins tout biscornus et un joli bazar de fille. Un parfum. Le sien. Un canapé violet, une table basse blanche, un parquet sans point de Hongrie qui grince, mais blanc. Des étagères à livres, des étagères à souvenirs, des étagères à cadres photo, des étagères à bordel de fille. Plus loin, une porte, une chambre sans doute. De l'autre côté, côté cour, une cuisine blanche. Et du café. Une odeur de café frais. Une odeur de bonheur.

Elle s'est laissée tomber sur le canapé en repliant ses jambes sous elle. Devant, elle n'avait pas menti, des livres, des carnets, un marque-page. Un mug qui l'attendait.

— Tu viens de te lever ?

J'étais toujours debout, en train de faire le tour visuel et d'enregistrer tout ce que mon cerveau accepterait de garder. Il était dans les 9 heures du matin. C'est ce que le petit réveil aperçu sur l'une des étagères m'a indiqué. Je n'avais pas vraiment réalisé qu'il était si tôt.

— Pas vraiment, elle a pourtant répondu. Tu veux du café ? Tu as petit-déjeuné ?

— Un café, j'adorerais, j'ai dit, en comprenant que cette odeur, depuis que j'étais entré, me faisait très envie.

Elle s'est levée et je l'ai suivie vers la cuisine blanche que j'avais aperçue. Ses gestes étaient rapides, nerveux. En la regardant attraper maladroitement un mug, j'ai enfin réalisé, que peut-être, je dis bien peut-être, elle était stressée. Stressée par moi. Ici. Chez elle. Je la stressais.

— Tu es rentré il y a longtemps ? elle a demandé.

C'était presque un murmure, mais si envahissant dans notre silence assourdissant à tous les deux. Si ravissant aussi.

— Non, j'ai répondu en captant enfin son regard quand elle s'est retournée.

— C'est-à-dire ?

Elle m'a tendu mon mug de café. Ses doigts ont frôlé les miens quand je m'en suis saisi. Je n'ai pas détaché mes yeux des siens.

— Ce matin.

Ses yeux ont souri. J'ai vu ses yeux sourire. Je vous jure que cela faisait une différence. Je savais, là, maintenant, que cette réponse la rendait heureuse. Je sentais qu'à cet instant, nous étions sur la même longueur d'onde. Elle est passée devant moi, frôlant mon corps dans ce petit espace pour rejoindre le salon. J'ai posé mon mug sur la petite table et je l'ai attrapée par la taille, l'empêchant de continuer à s'éloigner puis, doucement, je l'ai amenée à se rapprocher de moi, à me faire face.

— Qu'est-ce que tu fais, elle a dit dans un sourire qu'elle a caché d'une main en même temps.

— Tu sais ce que je fais, j'ai répondu en rapprochant dangereusement mon visage près du sien.

Elle a rougi. Comme une gamine. Après toutes ces années, toutes les expériences qui avaient été les siennes, elle avait encore de la gêne, de l'émotion. Est-ce que j'y étais pour quelque chose ? Est-ce que j'étais celui qui provoquait cela ? Je n'osais trop y croire. Anna, dans ce rougissement, croisait celle que j'avais si bien connue. C'était trop mignon. J'avais envie de l'appeler Choupie. Chipie. J'avais envie de la cajoler, de la faire rire. J'avais un élan de tendresse que je n'ai pas pu contenir et voilà, au lieu de l'embrasser fougueusement, au lieu de l'étreindre sauvagement, j'ai passé mes bras autour d'elle, collé mon visage dans son cou et je l'ai serrée très fort et très doucement en même temps. Je la respirais, je me remplissais d'elle. Je me rattrapais. Je remontais le temps. Je la retrouvais. Dans mes bras, je l'ai sentie changer. Son corps d'abord tendu, raide, s'est peu à peu relâché. Quelque chose en elle semblait céder. Elle a passé ses bras autour de moi à son tour et je l'ai sentie caresser mon dos, répondre à ma tendresse. Et moi aussi, en moi, quelque chose s'est passé.

La tension, l'urgence que j'avais ressentie tout le long de mon chemin vers elle s'est apaisée. Pour un temps au moins, j'avais comme le sentiment que je pouvais appuyer sur « Pause ». Nous étions en pause. Et rien de plus ne comptait. Dans son cou, j'ai déposé un simple baiser, j'ai respiré une dernière bouffée d'elle puis je l'ai relâchée et elle aussi peu à peu s'est écartée. Elle a croisé mon regard, j'ai esquissé un petit sourire et j'ai entendu son rire s'élancer dans la cuisine.

— T'es toujours aussi charmeur.

J'ai haussé les épaules, sans nier le charme que j'essayais de faire opérer. J'ai pris ma tasse de café et j'en ai bu une gorgée. Il était officiellement trop fort et carrément dégueulasse. J'ai été surpris et j'ai presque rigolé.

— Tu veux m'empoisonner ou quoi ? !

— Oh ça va, c'est comme ça que je le bois. Je me trompe toujours dans les dosages.

J'ai ri puis j'ai retenté ma chance. Déjà presque habitué.

— Ça va me réveiller, j'ai fini par admettre.

— On repasse au salon ?

— Faisons ça.

J'étais toujours aussi fébrile, mais finalement, à poser mes fesses sur son canapé violet, je me suis apaisé. Nous avons commencé à discuter en buvant nos cafés. Anna a voulu savoir comment s'était passé mon séjour à New York. Pour qui j'avais travaillé, quelles personnes j'avais photographiées. Elle a voulu savoir si mon garçon allait bien. Comment il vivait le choc du 11-Septembre. Comment sa vie rentrait dans la mienne. Je me suis crispé. Elle l'a senti. Ce sujet était douloureux. Comme tout ce qui concernait de près ou de loin mon éloignement choisi de la vie de Malo. J'avais ma culpabilité et mon déchirement habituels. Et je ne voulais pas que cela vienne envahir notre espace à tous les deux, en ce dimanche matin. J'étais égoïste, là, sans doute, mais je voulais une bulle.

— C'est un sujet difficile, j'ai fini par dire, en espérant que la discussion allait s'arrêter là.

Anna ne s'est pas satisfaite de ce commentaire. C'était illusoire, la connaissant un peu.

— Quoi, exactement ? elle a demandé.

— Tout. Lui, moi, l'éloignement, mon divorce. Tout.

Anna a détourné les yeux. Elle s'est échappée un instant. J'ai vu que je la perdais. Je ne comprenais pas pourquoi. Alors j'ai bondi du canapé et j'ai fait un show. En m'approchant de sa pile de CD, posée à même le sol, j'ai lancé :

— Bon, ce n'est pas tout ça, mais revenons aux fondamentaux. Quelle musique merdique écoutes-tu aujourd'hui ?

Anna a rigolé. J'avais réussi à nous reconnecter.

Je me suis assis sur le parquet et j'ai commencé à passer en revue ses possessions. Ouf, rien n'avait changé, elle avait toujours incroyablement bon goût. Même si ses goûts avaient bien sûr évolué.

— Jude, Travis, Jeff Buckley... Ça va, tu te défends toujours !

— Tu sais que j'ai vu Buckley en concert ? elle a lancé avec fierté. Une fois. Une seule fois. Un 14 février. C'est le seul concert de ma vie que j'ai choisi d'aller voir seule, en dépit de l'air débile que j'avais et la peur d'avoir à aller à un concert seule. Mais c'était trop génial.

— Tu as plutôt bien fait, compte tenu de ce qu'on sait maintenant.

— Ouais... Quelle tristesse.

J'ai continué mes recherches. Elle traînait avec elle quelques vieilleries toujours aussi peu démodées et quelques autres très atypiques. Une compile d'un boys band Take That, le Céline Dion de Jean-Jacques Goldman. Ça m'a franchement amusé... et rassuré. Mon intello avait un cœur d'artichaut. Pas froide. Pas snob. Toujours vivante. En tombant sur un CD de Guns'n'Roses, je l'ai pris dans la main et je me suis tourné vers elle.

— Vraiment ?

— Ben ouais. Vraiment.

— Vraiment ?

— Eh oh, ça va. Tu n'es pas sans savoir que les métalleux font les meilleurs slows du monde ! *November Rain*, c'est de la bombe.

Voilà, elle avait toujours eu ce don. Ce don pour oser aimer ce qu'elle aimait. Sans honte. Au fond de moi, j'adorais même si ma priorité était de me foutre de sa tronche.

— Ce sont des slows de merde en général. Pour les minettes.

— Eh bien je suis une minette. Pas de souci

avec ça. Et je le suis même de plus en plus, figure-toi, elle a même précisé.

J'ai glissé un CD dans sa petite chaîne hi-fi merdique dont je me disais que le son devait être bien pourri. Avec le temps et l'argent que j'avais gagné, j'avais acheté du bon matos pour écouter ma bonne musique. J'avais des exigences fortes. Et son style à elle, c'était juste tout le contraire.

La musique a doucement envahi notre monde. J'avais choisi une merveille. Un album de l'ami Bruce Springsteen. Un bijou des années 1970. Et avec une intention précise, celle de voir comment elle réagirait à ce choix-là, j'avais lancé *New York City Serenade*. La dernière piste du CD. Une façon à moi de lui dire ce que j'avais ressenti de nos moments new-yorkais à tous les deux. De notre baiser au milieu du monde. De son abandon ce jour-là.

Je suis revenu m'installer à ses côtés sur le canapé. Elle s'était adossée à des coussins et avait allongé ses jambes, prenant plus de place qu'à mon départ. Pour me permettre de revenir trouver de la place, elle s'est décalée un peu, remontant ses genoux jusqu'à son menton.

— Je peux ? j'ai fait, en désignant mes baskets.

J'avais besoin de confort, je me sentais aussi assez fatigué. Le jet lag commençait son travail de sape. Elle a acquiescé. J'ai libéré mes pieds et je suis venu me poser de l'autre côté du canapé, le dos contre l'accoudoir face à elle. Nos jambes se touchaient. Nos regards se touchaient. Nos silences se remplissaient.

— Arrête, elle a dit, en baissant les yeux.

— Quoi ?

— Ça. Ton regard qui tue.

— Je ne sais pas de quoi tu parles.

— Tu as toujours su de quoi je parlais, elle a répondu vivement.

Elle avait raison. J'avais toujours su que mon regard posé sur elle était un regard de désir. J'avais toujours su que ça la troublait démesurément, que ça la brûlait, que ça la consumait. Tout ce que je ressentais moi-même, en somme.

Elle a tendu à nouveau ses jambes de mon côté du canapé. De détail en détail, je la sentais de plus en plus proche. J'ai attrapé un de ses pieds, un peu froid, et je l'ai massé. Doucement.

— Belle chanson, elle a fini par dire. J'aimerais bien voir Bruce en concert un jour.

J'ai repensé à moi et à Ellie. J'ai pensé à notre moment, un soir, au Madison Square Garden. J'ai pensé que peut-être, peut-être cet instant aurait eu plus de magie à ses côtés. Merde, je devenais parfaitement idiot. Parfaitement con. La musique a continué, longue, longue sérénade. « *Walk tall baby or don't walk at all...* » La fatigue progressait aussi dans mon esprit et mon corps, et puis voilà, je me suis endormi. Connement assoupi sur son canapé violet, un pied à elle dans ma main à moi.

À mon réveil, l'appartement était presque brûlé

par la lumière de l'extérieur. Les rayons du soleil inondaient la pièce. J'ai cligné des yeux, pas vraiment sûr de savoir combien de temps avait pu s'écouler depuis que j'avais joué à la Belle au bois dormant. Puis mes yeux se sont habitués et je l'ai aperçue. Elle était assise à son bureau. Devant une fenêtre. Son dos était penché. Elle semblait écrire. Concentrée, silencieuse. Elle s'était changée. Elle avait coiffé ses cheveux en une espèce de chignon flou et sa nuque gracile était le seul bout de peau que je voyais d'elle. Pendant plusieurs secondes, je l'ai observée. Elle semblait écrire.

— Ça me fait drôle d'être ici chez toi.

Elle a sursauté tout en se retournant.

— Putain, tu m'as foutu la trouille ! T'es dingue ou quoi !

Mais elle souriait en parlant.

— Il est quelle heure ?

— T'as sacrément dormi, mon gros ! Il est 4 heures.

— Depuis quand je suis un gros ?

— Depuis que tu ronfles sur mon canapé.

— Je ne ronfle pas...

— Oh que si, elle a insisté. Mais ce n'est pas grave... Tu avais besoin de dormir. C'est tout.

Je me suis quand même senti assez merdique. Si j'étais un tant soit peu honnête avec moi-même, j'étais venu pour en découdre. Pour mettre fin à ce feu qui me brûlait depuis New York. Pour lui faire l'amour encore et encore. Tant mon désir pour elle était fort. Et je m'étais endormi comme une merde. En ronflant, en plus.

— J'ai foutu ton dimanche en l'air, j'ai dit en m'étirant un peu les jambes et les bras.

— T'inquiète pas. J'avais du retard au boulot, j'ai un peu bossé.

Je me suis levé et je me suis approché d'elle, de son bureau, de sa fenêtre. Son écriture, fine, sèche, volontaire sur des PowerPoint corrigés.

— Ça fait combien de temps que tu bosses ?

— Cinq ans.

— Ça te plaît ?

— Oui. La plupart du temps. Je bosse avec des gens sympas dans l'équipe. Ça compte.

J'ai touché deux trois objets posés sur son bureau. Un tout petit bouddha en jade, un minuscule cadre photo caché dans un bijou. Vide de toute photo. Une gomme en forme de hamburger. Près d'elle, tout près d'elle, mon ventre s'est mis à faire un affreux gargouillis.

— Euh, je crois que j'ai faim...

— Alors je te propose qu'on sorte manger un truc dehors. J'aimerais prendre l'air.

On a trouvé une brasserie ouverte plus loin dans son quartier. Elle s'appelait Le Dépanneur. Ouvert vingt-quatre heures sur vingt-quatre, selon la carte. Pour dépanner apparemment. J'ai commandé une entrecôte, des frites et une assiette de fromage. Après ce séjour américain, j'avais envie de choses efficaces et roboratives. Elle m'a regardé dévorer avec amusement. Peut-être envie. Devant une bizarre salade norvégienne, elle ne faisait que zieuter mes frites maison.

— Vas-y, j'ai dit, sers-toi.

Elle m'a piqué une frite. Puis deux.

— Je ne peux pas manger des trucs comme ça tout le temps, elle a finalement expliqué. Je prends du cul. C'est juste pas possible.

Elle m'a fait sourire en parlant de son cul. Pour ce que j'en avais vu, il avait peut-être un peu changé, mais ce n'était pas flagrant non plus. Je n'ai pas voulu lui en faire la remarque. Je me suis dit que j'allais passer pour un obsédé. Mais c'est elle qui m'a demandé.

— Tu me trouves comment en fait ?

— Comment par rapport à quoi ?

— Par rapport à mon physique... Tu trouves que j'ai pris ?

Mon Dieu. Le piège était tendu.

— Faudrait que je te voie toute nue pour en juger.

— T'es vraiment un salaud. La bonne réponse aurait dû être...

Je l'ai interrompue en prenant soin de poser ma main sur la sienne, histoire de bien capter son attention.

— Je te trouve belle, Anna. Ne va pas chercher la petite bête. Tu es canon, et ton cul, comme le reste, me fait hyper envie.

Cela ne l'a pas fait rire ou même sourire. Elle

m'a fixé avec ses yeux bleus presque transparents et dans son regard, j'ai vu des étincelles, des paillettes, des étoiles de désir.

— Je me disais qu'avec ton métier, des filles belles, tu devais en voir beaucoup.

J'ai soupiré. Trop fort je crois. Car elle a noté mon énervement.

— Quoi ? elle a fait.

— Rien.

— Allez, dis-moi ?

— C'est juste... On me dit souvent ça. Les mannequins, tout ça. Je ne dis pas que ce n'est pas vrai. Les mannequins, par définition, c'est joli. Mais si je te dis que je te trouve belle, c'est que j'ai envie de te le dire et que tu le croies.

— OK, OK...

— On n'est pas en train de s'engueuler, là ? Hein ?

— Peut-être bien, elle a dit avec un vrai air coquin.

— Oh non... Ça me rappelle trop comment t'étais chiante à l'époque ! J'ai des souvenirs de ta chiantise si tu savais...

— Hé, ça va, monsieur Julien tête à claques. T'étais terrible à l'époque ! Dans le genre prétentieux, y avait pas mieux sur le marché.

— D'ailleurs, tu n'as pas trouvé mieux, à l'époque, hein, Mademoiselle Tombe-amoureux-de-moi-s'il-te-plaît.

— J'ai jamais fait ça ! elle s'est défendue aussitôt.

J'ai laissé mes pensées s'échapper vers les souvenirs de cette époque.

Elle est déjà là, face à moi, à une table d'un café. Une situation presque comparable un milliard d'années dans le passé. Elle a des cheveux plus foncés et plus courts, dans un bordel de mèches raides et soyeuses, comme seules les jeunes filles aux cheveux raides savent les organiser. Mais le bordel le plus important est ailleurs que dans sa coiffure. Le bordel est dans ses yeux qui pleurent. Je viens de lui dire. Je viens de lui annoncer que nous deux, c'est fini. Je viens de me débarrasser de cette information. Je viens sans doute de lui briser le cœur. Elle pleure et en même temps, la rage monte en elle. Elle me dit :

— Depuis combien de temps tu le sais ?

Je ne sais pas lui répondre. Je ne veux pas établir cette chronologie-là. Elle ne lâche pas. Elle veut savoir.

— Tu as décidé ça quand ?

— Anna, je ne sais pas quoi te dire. Ça a de l'importance ?

Elle ne dit pas tout de suite ce qui l'ennuie par-dessus tout, là à ce moment précis.

— Ce que je veux savoir c'est depuis combien de temps tu te forces à m'embrasser ? Est-ce que tu t'es forcé aussi mardi aprèm ?

Anna faisait référence à notre dernier moment ensemble. À cette dernière fois où nous avions couché ensemble. Depuis la première, depuis ce début d'été si triste et si flamboyant, combien de fois avions-nous goûté à ces moments ? Je me souviens de cette époque comme d'une époque où je faisais toujours l'amour en plein jour. C'est le destin des ados. Sans lit à partager de nuit, ils trouvent toujours des situations improbables et le plus souvent de jour, prêts à toutes les audaces, sans deviner à quel point ces audaces ne dureront pas vraiment. Quand dans le conformisme d'une vie d'adulte, ils feront l'amour dans un lit conjugal, la nuit. Anna et moi, cette dernière fois. Dans ma chambre d'ado. Dans cette maison miraculeusement désertée. Pour un deux à quatre en lieu et place d'un probable cours d'histoire.

Avec Anna, les choses avaient évolué lentement. J'avais cette idée du couple que nous formions depuis une éternité. À l'échelle de mes dix-sept ans, une année entière c'était juste dingue. Et il y avait toutes ces filles, toutes ces tentations, mes envies d'exploration. Je voulais embrasser d'autres bouches, je voulais découvrir d'autres corps. Je voulais connaître des parfums qui n'étaient pas le sien. Je voulais le monde en grand. Et à ses côtés, à un moment, je m'étais senti enfermé. Bêtement réduit à un rôle de petit copain de lycée. Et ce n'était pas mon truc. Et la seule chose que je savais faire de correct, c'était d'arrêter.

Ce qui avait provoqué l'événement s'était passé la semaine précédente. Pour la première fois depuis elle et ses baisers et ses rires et ses charmes, j'avais été attiré par une fille. Elle m'avait dragué, elle m'avait titillé et je m'étais retrouvé à l'embrasser dans l'arrière-cuisine d'une maison inconnue où une fête battait son plein et où Anna, quelque part, dansait ou riait ou s'amusait. Ce baiser n'avait pas été le baiser du siècle. Cette fille, de près, n'était même pas si attirante que cela. Et son prénom, Aurélie, était resté un simple prénom, sans suite, sans désir. Mais le mal était fait. L'incident consommé et ce qui était un doute était devenu une évidence. Je m'étais lassé. Je voulais m'échapper. Je voulais retrouver une liberté de garçon de dix-sept ans. Une liberté de consommation sans question. Alors j'avais décidé ce jour-là d'en finir.

Face à moi, ce jour-là, à cette table de café, Anna pleure. Beaucoup. Et quand elle comprend que, pour de vrai, je veux qu'on arrête, elle ne fait plus traîner les choses. Elle se lève, elle ramasse son sac à ses pieds et elle sort de ma vie.

Dans un film, nous aurions alors cessé de nous voir, rendant sans doute plus facile cet exercice que d'apprendre à vivre l'un sans l'autre. Mais nous n'étions pas dans un film. Nous n'étions que des ados, contraints à une vie d'élève et dès le lendemain, c'est au lycée qu'on s'est croisés à nouveau. Et ça avait été dur. Vraiment. En fait, je crois que c'est ce jour-là que j'ai compris qu'elle et moi, on avait été des amoureux. Parce qu'à la voir faire face, essayer de dissimuler sa peine aux yeux du monde et sans doute aux miens, à la sentir si petite soudain, si minuscule, j'ai été très inquiet pour elle. Bien sûr, je voulais qu'elle ne soit plus mon amoureuse. Mais je voulais quand même qu'elle aille bien. Et c'était la première fois que cela m'arrivait. De vouloir le bien de quelqu'un avec qui j'avais choisi de ne plus être. Je l'avais aimée au-delà de l'indéfinissable. Et là, du haut de mes dix-sept ans, même si je faisais le fier et l'intouchable, l'indifférent et le con, au fond de moi, j'avais mal de la voir si mal.

Mais je me suis habitué. Jour après jour. Et on a appris à se fréquenter autrement. Pas trop quand même. Je la fuyais. Je la déshabituais. Consciemment ou non, je savais qu'il fallait qu'on se détache. Et comme j'avais choisi le premier mouvement, il fallait que je sois cohérent sur la suite. Ça n'a pas été si difficile pour moi. Soyons honnêtes, même à passer pour un salaud, un peu, j'avais tout de même le rôle facile dans l'histoire. Laure, sa meilleure amie de l'époque, a pris en charge sa protection rapprochée. Et de loin en loin, je l'ai vue de moins en moins. Je crois que la seule fois où j'ai failli faire un geste vers elle, dans un élan de reconnaissance de tout ce que je lui devais, c'est quand l'été de mon bac j'ai appris que j'étais accepté aux Beaux-Arts de Paris. Là, en moi, outre la joie indescriptible que je ressentais, joie qui arrivait à étouffer la trouille qui m'habitait, j'ai ressenti aussi que j'avais un devoir envers elle. Elle qui m'avait tellement aidé à prendre le chemin de ma vie. Il y avait eu toutes nos discussions sur les possibles. Tous ces moments où elle avait commenté mes idées, mes dessins, mes créations. Toutes ces fois où elle m'avait permis de retrouver de l'estime de moi. Quand j'ai su que ça avait marché, quand j'ai compris que je m'en sortirais, dans une voie que je m'étais choisie, pour un destin que je participais à maîtriser, j'ai eu envie de lui faire un signe. J'ai eu envie de lui parler. De la remercier peut-être. Mais je n'étais pas un être constant. Je n'étais pas assez mûr sans doute pour décider de passer à l'action. Et je suis parti à Paris cet automne-là, en laissant s'estomper peu à peu cette idée que je lui devais une fière chandelle. Celle d'avoir cru en moi, bien avant que je me mette à faire pareil.

Et nous voilà donc au Dépanneur, mais personne ne semble avoir besoin d'être dépanné en cette fin de 1er novembre. Les clients autour de nous, jeunes branchés du quartier pour la plupart, sont plutôt gais, amusés. Ils dévorent, boivent, rient. Nous sommes tous les deux, au milieu d'eux, sans doute pas très différents en apparence. Nous sommes toujours jeunes, nous avons toujours une vie devant nous à conquérir. Mais des choses nous sont déjà arrivées. Des choses qui construisent tout autant qu'elles abîment. Il y a la disparition de ses parents. Il y a ma démission en tant que père. Quand j'y réfléchis, là maintenant, je ne peux pas regretter d'avoir voulu un enfant si jeune. Mais franchement, c'était d'une bêtise, vu autrement. J'avais envie de la famille dont Ellie me parlait. Son exotisme bourgeois me faisait rêver. Elle m'offrait du rêve pour pas cher. Le dépaysement que j'avais toujours voulu pour ma vie. Malo est arrivé comme un ovni. Une météorite. Une splendeur venue d'ailleurs. Avant lui, je n'avais jamais été intéressé par les enfants. Avant lui, je n'étais intéressé que par moi. Et il fut là. Et tout en avait été différent. Et puis je l'avais laissé. J'avais fait le choix, à nouveau, de redevenir la personne la plus importante de ma vie, en acceptant de divorcer. C'est comme ça que je le ressentais. Je ne m'étais pas assez battu pour lui. Je n'avais pas été assez fort.

— Qu'est-ce que tu fais demain ? Ta journée de business woman, elle ressemble à quoi ?

— Tu veux entrer dans ma vie réelle de responsable com ?

— Ouais, ça m'intéresse.

— Ce n'est pas fascinant.

— Vas-y, raconte-moi.

— OK... Laisse-moi réfléchir... Demain matin, j'ai une réunion d'équipe. Ensuite, j'ai point médias pour préparer un communiqué de presse. Je bosse aussi sur notre nouveau site web institutionnel...

— Tu aimes ?

— Ouais. Plutôt. Mon boulot, quand je l'ai repris, ça a été hyper important pour tenir le coup.

— Après la mort de tes parents ?

— Oui. Après mon retour de New York, je n'ai pas bossé pendant presque un an.

On est restés tous les deux silencieux après ces

mots-là. Pas facile d'enchaîner en fait. Et puis finalement, c'est sorti.

— Je peux dire un truc que je pense ? Et excuse-moi si c'est très con. Mais je voulais te dire, c'est dégueulasse ce qui est arrivé à tes parents. Et ce n'est pas juste, pour toi. Tu n'as pas mérité de vivre tout ça. De passer par tout cela.

Je crois que de toutes les choses connes que j'avais pu lui dire, celles-ci étaient particulièrement carabinées. Digne d'un gamin de cinq ans. Ce n'est pas juste. Gnagnagnagnagna. Mais sa réaction a été très douce. Très simple.

— Merci, Julien, merci beaucoup, elle a dit avec un sourire.

Elle a allumé une cigarette, me l'a tendue, presque par automatisme, puis elle a continué :

— Souvent, c'est assez chiant la compassion des autres, et tout ça. Mais le pire, c'est que tu as toujours envie que quelqu'un te plaigne vraiment. Te dise « Ouais elle est pourrie ta vie. T'as vraiment pas eu de chance. » Mais personne ne le fait. Les gens sont gênés. Ils tournent autour du pot. Alors non, ce n'était pas con de me dire ça.

J'étais soulagé. Apaisé. Je ne savais toujours pas ce qu'elle pensait de moi, je me demandais encore beaucoup si elle avait envie de moi. Mais je savais dire qu'on était sincère l'un avec l'autre sur les fondamentaux. Et cela faisait du bien.

Je lui ai redonné sa cigarette, elle m'a regardé. Elle me jugeait. Elle me demandait quelque chose.

— Et toi, tu fais quoi demain ? elle a fini par dire.

Demain, je suis avec toi, demain je te suis là où tu vas. Demain je t'attends toute la journée si tu ne veux pas ça. Demain, je veux qu'il soit à nous.

— Rien de spécial. Je vais défaire mes valises, j'ai plaisanté, en pensant à mes bagages abandonnés dans mon entrée, dans l'urgence qui était la mienne de la retrouver.

— Et tu crois qu'on pourrait se retrouver en fin de journée ? Boire un truc quelque part ?

Dans sa demande, deux faits coup sur coup : je comprenais que un, je partais dans quelque chose de compliqué avec elle. Que deux, elle voulait quand même que quelque chose arrive. Car oui, elle venait de me signifier que non non, mon gros, tu as beau avoir fait la sieste sur mon canapé et tripoté mes pieds, tu ne passeras pas la nuit chez moi ce soir. Mais oui, OK, je veux bien qu'on se revoie quand même. Voilà bien cette Anna que j'avais connue avant. Timide et décidée. Volontaire et velléitaire.

J'ai acquiescé, content, et puis aussitôt elle a fait :

— Tu ne m'as pas dit pourquoi tu étais venu me voir ce matin en descendant de ton avion.

— Tu n'as pas demandé.

— Je n'ai pas vraiment eu le temps d'y réfléchir.

— Moi pareil.

— Demain, tu n'as qu'à venir chez moi, elle a dit en baissant son visage vers son assiette.

J'ai acquiescé à nouveau. Heureux.

Quand nous avons quitté Le Dépanneur, nous avons lentement rejoint sa rue des Martyrs en passant par le boulevard de Clichy et son allée de sex-shops et bars à hôtesses. C'était vivant pour un dimanche soir. Devant sa porte, Anna s'est tournée vers moi.

— Tu veux monter ?

Non, j'allais être gentleman. J'allais la laisser là. J'allais la laisser retrouver un peu d'elle-même, toute seule. Je pouvais presque deviner qu'elle aimait ça. Être seule. Avec elle-même.

— Tu veux que je monte ?

Elle a enfoncé ses épaules dans son manteau, embarrassée. Elle tenait difficilement en place. Elle me regardait avec ses yeux de sirène parisienne.

— Tu vas m'embrasser ?

Je voulais l'embrasser. J'étais sur le point d'avoir envie de me lancer.

— T'es dingue, j'ai répondu en riant.

Elle était dingue. Toujours et encore. Elle avait toujours été comme cela. Directe, enthousiaste. Drôle.

J'ai fini par arrêter de rire.

— Tu as envie que je t'embrasse ?

— C'est juste que l'autre jour, tu l'as fait, ça m'a surprise. Là, je m'y prépare. Comme ça, si tu en as encore envie, j'aurai l'air moins cruche.

— Tu n'étais pas cruche.

On tournait autour du pot. Ça devenait presque idiot. J'étais loin de ma figure de séducteur que je me supposais avoir et pour preuve, c'est elle qui a fini par prendre les devants, en attrapant le col de mon manteau et en m'attirant à elle, à son visage, à ses lèvres. Et nous avons retrouvé l'essentiel. Là, sur ce trottoir parisien, à la nuit tombée de ce 1er novembre pour un modern love urbain cette fois-ci.

La dernière fois, sur un coup de tête, je ne savais même pas ce que je faisais en le faisant. C'était comme un vieux réflexe de moi, en maudit séducteur. Un réflexe de moi avec elle aussi. J'avais tellement passé de temps à l'embrasser... À la toucher, à lui prendre la main, à la caresser partout partout. Mon instinct envers elle c'était de tout reproduire. Même après ces années, les habitudes étaient profondes.

La dernière fois, aussi, je n'avais pas su dire si elle avait eu envie que cela arrive. Cette fois-ci, son pas vers moi me le confirmait. Et j'aimais ça.

On a fini par s'arrêter pour reprendre notre souffle. Elle m'a lâché le col de manteau et a reculé vers la porte cochère de son immeuble.

— Demain ? j'ai demandé un peu perdu par sa rapidité à mettre fin à notre baiser, notre discussion, notre échange.

— Appelle-moi, elle a dit en composant le code à toute vitesse.

Puis elle a disparu et la porte s'est refermée derrière elle. On était grave dans la merde. Mais j'étais heureux d'y être.

Chapitre 2

Le lendemain en fin d'après-midi, je n'avais toujours pas de nouvelles d'elle. J'avais laissé un message sur son portable vers midi. Elle n'avait pas rappelé. J'étais comme un con à me demander quel prochain pion il fallait que j'avance. Et si ce n'était pas un jeu, ce qu'elle attendait vraiment de moi. Je me posais mille questions, je palabrais dans ma tête. Et j'avais envie de la revoir. C'est tout. À 16 h 30, je suis allé attendre Malo à la sortie de l'école. Je savais bien que la nounou y serait aussi, mais c'était pour le voir un peu. Jusqu'à vendredi, il était chez Ellie. Je devais attendre quatre jours pour voir sa frimousse de Parisien. Et pour moi ça faisait trop long. Devant sa petite école élémentaire de quartier, les mamans, les nounous attendaient en bavardant. Très peu de papas. Un autre là, plus loin, plus vieux que moi. J'ai aperçu Assia, la nounou de Malo qui arrivait juste. Elle m'a souri en me voyant avancer vers elle.

— Ah, tu es rentré de New York, elle m'a dit, un peu essoufflée.

— Oui, hier.

— Malo va être content. Super content.

Assia gardait Malo depuis ses deux ans. Il en avait maintenant cinq. Et en ces quelques années, Assia était devenue un repère plus important que ses deux parents ensemble quand on formait encore une famille. Assia avait tout vu. Comment on s'était quittés. Comment on s'était organisés ensuite. Comment on s'était fait mal après s'être quittés. Encore. Comment on commençait un peu à être apaisés tous les trois. Assia avait tout vu et tout compris. Et cette femme malienne dont je ne savais pas trop dire quel âge elle avait vraiment (quarante-cinq ans ? cinquante ans ?), cette femme qui avait fui la misère de son pays pour élever ses trois enfants en Europe et leur permettre, comme elle me l'avait dit un jour, d'apprendre le monde et la richesse, cette femme qui avait peur des chats comme on a peur des serpents était devenue un personnage important de ma vie à moi aussi. Assia partageait son temps entre mon appart et celui d'Ellie. Elle créait du lien entre ces deux vies parallèles. Et quand en fin de journée, elle repartait en RER retrouver ses trois grands enfants dans leur appartement de Sarcelles, elle embrassait Malo comme on embrasse son quatrième enfant et lui souhaitait toujours de faire des beaux rêves.

— Comment ça s'est passé la semaine dernière ?

Assia me donnait des nouvelles. Je préférais

souvent lui demander à elle plutôt qu'à Ellie. C'était plus factuel et plus exotique en même temps.

— Il a été malade, vendredi je l'ai gardé, il avait de la fièvre.

— Ça va mieux ?

— Oui. Ne t'inquiète pas. Je lui ai fait manger une soupe de chez moi. Ça l'a guéri. Il va bien.

Les premiers enfants ont commencé à sortir de l'école. Avec Malo et ce rituel de la sortie d'école, j'avais retrouvé des choses que j'avais enfouies en moi. Une sortie d'école, c'est un bonheur recommencé tous les jours. À chaque fois, il y a de la fête dans l'air. Le simple fait d'en avoir fini, le simple fait de retrouver un visage connu, celui d'un parent, d'une nounou, la perspective d'aller jouer, au square, au chaud à la maison... Ce bonheur d'enfant, simple et beau. J'aimais cette atmosphère-là. J'aimais la beauté de ce rituel.

Le visage de mon Malo est apparu à la porte. Il est tout rebondi, tout joli. Le simple fait de l'apercevoir, de le savoir là tout près de moi, bientôt à portée de mes bisous et de mon étreinte, j'ai le cœur qui bat plus fort. Malo descend les quelques marches du perron de l'école, avec son petit sac à dos coincé sur les épaules. Il cherche des yeux le visage d'Assia. Il la cherche, un peu inquiet comme à chaque fois, avant de libérer sa joie à l'apercevoir en un grand sourire. Puis soudain, sa bouche se tord de surprise. Voilà, il m'a vu, moi aussi.

— Papa !

Même quand je me dis que j'ai tout foiré, même

quand je me sens tout merdique, quand Malo fait ça, il efface tout. Malo est comme un médicament permanent. Malo est mon meilleur remède. Malo est mon tout.

Finalement, on a passé une petite heure ensemble au square. Malo jouait, revenait à nous, rejouait, revenait, rejouait. Assia me faisait la conversation. Moi, je profitais de cette pause pour me vider le cerveau ou essayer. Le portable dans la poche de mon manteau ne sonnait toujours pas. Anna m'ignorait en beauté, et ça, je ne pouvais pas l'ignorer.

— Qu'est-ce que tu fais à toujours regarder ce machin !

Assia avait sa vision bien à elle de l'utilité d'un téléphone portable. Elle ne comprenait pas cette nouveauté qui était peu à peu rentrée dans notre quotidien ces dernières années. Elle faisait sa résistance au changement.

— Si les gens veulent te parler, eh bien, ils attendent que tu sois rentré chez toi. C'est plus poli.

— C'est pour le travail, j'ai menti. J'attends un appel important.

— Et quand est-ce que tu me prends en photo ? elle m'a demandé. Ça fait longtemps.

Assia avait pris l'habitude que je la photographie. Cela avait commencé quand je prenais des photos de Malo. Elle était souvent dessus et elle aimait ça. Une fois, elle était devenue mon modèle et je lui avais trouvé une grande photogénie. J'avais aimé son visage si sombre, plus noir que le noir et les étincelles de son regard, et Assia avait aimé jouer la star de mon objectif. Elle devenait coquette.

Malo est passé près de nous, en courant, derrière la balle qu'il échangeait avec un copain de square. Il était rouge, essoufflé et heureux. Ça se voyait. J'aimais le suivre des yeux, j'avais peur de le perdre de vue. Tout le temps. Je le couvais en permanence du regard. Au cas où.

Le téléphone, dans ma poche, a soudain sonné. Je l'ai extrait à toute vitesse, plein d'espoir. Merde. Ce n'était pas elle.

— Oui ? j'ai pas pu m'empêcher de répondre, pas vraiment enthousiasmé.

— Oh putain, cache ta joie, Julien. Ça fait trop plaisir de t'appeler.

Je me suis levé du banc pour m'éloigner des oreilles d'Assia. C'était Marc qui appelait. Mon vieux pote qui prenait des nouvelles.

— Désolé, désolé, je me suis repris tout de suite. Comment ça va ? j'ai essayé de dire d'une manière plus enjouée.

Marc. Je l'appelais mon vieux pote, mais dans les faits, c'était mon meilleur ami. Mon plus vieil ami. Il était le parrain de mon fils, il m'avait hébergé chez lui quand Ellie m'avait quitté. Il m'avait traité de fiotte et de refiotte quand j'avais commencé à bosser comme mannequin. Marc savait tout de moi, même si on se disait peu. Pas de sentiments, trop de pudeur. On parlait toujours à mots couverts. Et contrairement aux clichés selon lesquels les hommes parlent de cul et de bite tout le temps, on se parlait rarement de nos histoires de cul ou d'amour ou des deux.

— Ben qu'est-ce que tu as, mon choupinou ? il a demandé. Tu as l'air gavé.

— Désolé. J'suis crevé.

— Tu es à Paris ?

— Oui oui, je suis rentré hier. J'ai encore du jetlag je pense.

— Mon pov' poussin, tu es jetlagué.

Marc avait depuis longtemps pris le parti de se foutre en permanence de ma gueule quand il s'agissait de ma drôle de vie d'ex-mannequin et de photographe de mode. Marc et moi, on n'avait à peu près rien en commun en matière de mode de vie, mais ça fonctionnait sur une base de blagues et de vannes. Marc était gérant d'un restaurant depuis sept ans. Un truc de famille. C'est d'ailleurs comme ça qu'on s'était rencontrés, une année après mon arrivée à Paris. J'avais travaillé comme serveur chez eux. C'était pour subvenir à mes besoins, comme on dit. Heureusement que mes besoins étaient limités à l'époque parce que j'étais payé comme une merde. Mais n'empêche qu'on était devenu potes puis amis. Le pire serveur qu'il ait jamais vu, soi-disant. Comme j'étais beau gosse, ça aidait, paraît-il. Son restau était maintenant son histoire à lui. Son père avait lâché l'affaire et Marc avait tout refait dans un nouveau genre. Situé près de République, entre le canal Saint-Martin et la place, cela fonctionnait bien et même de mieux en mieux. Marc était heureux. À trente-trois ans, il s'était mis en couple avec la plus choupinette des filles. Une Aveyronnaise montée à Paris faire une école de graphisme. Elle bossait dans une agence de com qui lui avait dessiné une charte graphique pour son restau. C'est comme cela qu'ils s'étaient rencontrés. J'adorais leur histoire simple et fraîche.

— T'es où, là ?

— Je suis au square avec Malo.

— Tu l'as avec toi cette semaine ?

— Non non, je suis passé lui faire un coucou.

— Alors viens me faire un coucou après. Je t'attends au restau.

— J'sais pas, Marc, je suis crevé.

— Tu viens, j'te dis. Faut que je te cause. C'est tout.

Et il a raccroché.

Avec un gars comme Marc, j'avais toujours dû rester les pieds sur terre. Même quand j'avais commencé cette expérience un peu barrée de mannequin. Parce que cela aurait pu partir en cacahuète, cette histoire, et au début j'étais pas hyper chaud. D'abord, il y avait cette idée d'être payé pour rien. Pour une image. Un corps. Aucune contribution, cérébrale ou artistique. Mais Marc, même s'il m'avait vu bouger et évoluer et grandir, était resté ce pote qui, comme tous les Auvergnats, avait les pieds bien ancrés dans le sol. Il me faisait à bouffer et me donnait des conseils.

— Déconne pas Julien, accepte ce job, c'est trop d'argent pour être refusé.

— Mets cet argent à la banque sur un compte qui rapporte un peu, bordel !

— Investis dans la pierre, bachi-bouzouk, les prix bougent à la hausse et ça ne va pas s'arrêter, mec.

Bon, quand j'y réfléchis, c'était surtout des conseils financiers à la base. Pas vraiment des trucs pour m'aider à gérer mes choix artistiques. Marc était concret et je pouvais compter sur ça. Ça ne l'avait pas empêché de s'amuser aussi avec moi quand j'étais rentré dans ce milieu de fêtes et de gonzesses. Ce n'était pas un moine, non plus, il était jeune comme moi et on s'est bien amusés tous les deux. On avait parfois même déconné. Des raves, des trucs un peu glandus avec de la drogue ou trop d'alcool. Difficile de pas tomber dedans, mais on avait fait en sorte de ne jamais y être complètement. Lui et moi, on venait d'endroits solides avec des valeurs solides. On avait ça en commun pour pas faire les grosses conneries.

Quand Marc m'avait vu tomber amoureux d'Ellie, il s'était tendu. C'était la première fois que j'aimais fort. La première fois que je voulais avancer. La première fois que je m'engageais. Même moi, je ne me reconnaissais pas. Et puis il m'avait vu retomber. Plus bas. Plus mal. Et il m'avait aidé, comme il l'avait pu. Avec pudeur.

Pendant plusieurs mois après ça, je n'avais pas su faire face. J'étais un homme amoureux de sa femme et un papa désastreux. J'espérais encore, je ne voulais pas admettre, et je m'occupais pitoyablement de mon fils. La première année j'alternais les périodes où je coulais et les quelques jours où je tentais de refaire surface pour être à la hauteur de mon fils. Pour mon fils. Marc avait été là tout le temps, passant parfois plusieurs jours d'affilée à la maison avec nous. Nous étions trois hommes formant une sorte de famille reconstituée avec deux papas de moins de trente ans et un Malo de presque trois ans. Marc me sauvait en cuisine. Pas tant pour les repas du petit, mais cette année-là, c'est lui qui m'avait nourri alors que j'avais perdu l'appétit. C'est simple, je me nourrissais de bières. Marc avait mis le holà à ce régime déstructuré en mettant son métier de restaurateur au service de ma santé. Je ne sais pas s'il m'avait sauvé la vie, en tout cas c'était grâce à lui si je n'étais pas mort de faim. Alors je lui devais bien ça, de rappliquer s'il me le demandait.

Quand Assia a sonné la fin de la récré, j'ai dit que j'allais y aller. Marc m'attendait. Il voulait me parler. J'ai raccompagné Malo et Assia jusqu'à la porte de l'immeuble où Ellie s'était installée après notre rupture. Nous avions décidé de réussir à faire ça. De réussir à vivre l'un près de l'autre. Pour Malo. Je l'avais aidée à chercher et elle avait trouvé un trois-pièces dans un immeuble rue Richer. Nous étions à pied à dix minutes l'un de l'autre. C'était une histoire possible d'un point de vue logistique et ainsi, l'un et l'autre, nous pouvions nous entraider pour nous occuper au mieux de Malo. Dans le petit hall de l'immeuble, j'ai serré Malo fort dans mes bras et il m'a embrassé dans le cou. Pas de larme, pas de jérémiade, Malo assurait comme un fou. Nos allées et venues dans sa vie étaient la norme. Parfois ça me déchirait le cœur qu'il se soit fait à ça, aussi vite et aussi bien. Mais c'était mieux ainsi.

— À samedi mon grand. Je viendrai te chercher ici.

— Ça fait combien de dodos ? il a demandé.

J'ai pris sa main et j'ai compté les jours avec ses propres doigts. Il a recompté encore une fois tout seul puis il m'a souri, comme rassuré d'obtenir le même résultat. Puis on s'est à nouveau câlinés.

Assia attendait Malo devant l'ascenseur. Je l'ai laissé filer vers elle. Lentement, la cabine s'est élevée vers les étages et j'ai pensé bisous mon Malo. À samedi.

Dans son restaurant, le coup de feu n'avait pas encore commencé. 19 heures. Normal. Tôt pour une table parisienne. Marc m'a vu approcher de son comptoir. Il a souri de toutes ses dents du bonheur.

— Voilà le plus beau. Enfin !

Je me suis assis sur l'un des hauts tabourets et Marc, contournant son propre bar, s'est assis à côté de moi.

— Mais c'est vrai que tu as une sale gueule, ça va pas ?

Putain, il savait faire du bien, le Marc.

— C'était crevant NY ?

J'ai secoué la tête. Non, ce n'était pas ça. Mais c'était quoi au fond le souci ? Valait mieux pas commencer. Je ne savais pas où cela me mènerait si je commençais.

— Malo va bien ?

Sa question m'a redonné le sourire. Mon bonhomme allait bien et ça, ça comptait beaucoup.

— En top forme !

— Et quand est-ce que je le vois, mon filleul ?

— On passera ce week-end. Promis.

Malo adorait son parrain. Surtout parce que son parrain était le patron d'un restaurant et qu'il lui offrait tous les desserts qu'il voulait, tout le temps. Et aussi parce qu'il lui montrait comment marchaient le percolateur, la tireuse à bière et aussi la cuisine, là-bas derrière. C'était un terrain de jeux excitant pour Malo qui adorait l'endroit.

— Ah yes ! Tu veux boire un truc ?

J'ai refusé. J'avais l'estomac à l'envers depuis le matin avec la gorge nouée et rien ne passerait.

— Bon, alors, j'ai demandé, c'est quoi le truc ?

— Le truc ?

— Tu voulais me causer, tu as dit.

— Ah oui, c'est vrai, semblant réatterrir soudain. Tu fais quoi le 7 septembre ?

— Bordel, Marc, on est en novembre. Comment veux-tu que je sache ?

— Bon ben il faudra savoir parce que je vais avoir besoin de toi, ce jour-là.

J'ai regardé mon Marc dans les yeux soudain.

Il n'était pas comme d'habitude, là. Il avait les yeux pétillants et l'air bien embarrassé.

— Ça veut dire quoi, ton histoire ?

— Le 7 septembre, Choupie et moi, on se marie et j'ai besoin de ta sale tronche de beau gosse comme témoin.

Marc a rempli mon cœur de joie en une seconde. J'étais content. Pour lui. Marc était amoureux de la femme de sa vie et il allait l'épouser. À une autre époque, j'aurais trouvé ça à gerber de ringardise. Mais c'était une autre époque justement. Et là, j'étais juste heureux pour lui et plein d'espérance pour moi. Ça me donnait de l'espoir en grand. Même si cette satanée Anna n'avait toujours pas daigné m'appeler et que la nuit était tombée. Alors je lui ai offert les banalités qu'on dit dans ces cas-là. Sauf que je ne savais pas avant lui que ça n'en était pas, des banalités. Ce sont les trucs qu'on pense pour les gens qu'on aime. Les c'est formidable, je suis heureux pour vous deux, vous faites une super équipe. Choupie et Choupinou allaient devenir Mari et Femme.

— Vous avez décidé ça quand ? j'ai demandé enfin.

— C'est venu tout seul, il a dit. *Pim pam poum.* Elle est entrée l'autre fois dans le restau. Elle était belle comme le Chaperon rouge avec son foutu manteau, elle portait un bonnet stupide, genre, je ne suis pas grunge je suis bourgeoise grunge et l'idée m'est venue que je voulais ça pour toujours.

— Et tu l'as demandée en mariage ?

— Pas ce jour-là. J'ai fait ça à l'ancienne. Une bague, une belle table, des bougies. Et elle a dit oui.

— Putain ! Tu parles, j'ai dit, bien sûr qu'elle a dit oui. Tu es un sacré romantique ! Tu m'avais caché ça.

Marc a rougi. À ses yeux dans le vague, je sentais qu'il était encore dans sa scène. Et ça le faisait encore rêver.

— C'est beau, j'ai fini par dire. C'est beau, un homme amoureux !

Marc est redescendu sur terre.

— Espèce de con. Y'a pas de honte à être un peu romantique, non !

Y'avait pas de honte, non, mais pour moi, c'était pour les autres. Je n'avais jamais su faire ça. Je n'avais jamais été ça. Romantique. Pourtant, bien sûr, j'avais dit je t'aime, j'avais fait des promesses sur l'oreiller, j'avais espéré toujours ou presque. J'avais senti et ressenti, par tous les pores de ma peau, des sentiments forts et puissants et parfois beaux et d'autres fois destructeurs. Mais le romantisme me donnait quand même toujours et encore envie de vomir. Les cœurs, les fleurs, les mises en scène. C'était des trucs de tordu. Pour moi, ce qui comptait c'était le corps, la peau, le sexe. C'était les mots, les images, les actes. Le reste était un folklore parfois nécessaire, mais dont je préférais me passer.

— Ça va pas ?

— Hein ?

Je m'étais laissé envahir par toutes ces pensées

de merde qui, il fallait l'admettre, me ramenaient à elle. À elle et à son putain de silence. Putain.

— Tu as l'air vraiment en vrac.

— C'est une fille, j'ai dit très vite, sans réfléchir plus longtemps.

J'avais ça sur le cœur. C'est parti.

— Une fille ?

— Bon ben maintenant, c'est quand même plutôt une femme, j'ai tenu à préciser. Mais bon, quand je l'ai connue, c'était une fille. Alors bon...

— Attends, attends, il m'a dit en fronçant les sourcils. Je ne comprends rien. Tu as rencontré quelqu'un, c'est ça ?

Marc avait déjà les yeux qui pétillaient de joie, la surprise passée. Parce qu'en trois ans, depuis ma rupture avec Ellie, je crois que j'avais jamais prononcé des mots pareils. Et il savait deviner que c'était un événement.

— Bordel, c'est un putain de grand jour ! Je vais me marier et toi, tu me parles de quelqu'un ! Waouh.

— Ça va, ça va, tu vas pas en faire des caisses ou je ne te dis rien.

— OK OK, il a dit tout de suite, comme pour se calmer. Promis, je te laisse me raconter.

Alors je lui ai tout balancé. Comme on livre un fardeau, qui rend un peu heureux, mais un putain de fardeau quand même. Anna, l'aéroport, mes seize ans, ma première fois, il y a longtemps, si longtemps et elle là aujourd'hui, belle comme un ange, mais un peu briseuse de couilles en puissance. Fallait admettre.

— Mais c'est quoi le problème ? il a fini par demander.

— Ben, je ne sais pas trop en fait.

J'avais l'air con. Il était où le problème ? Les signaux semblaient au vert.

— En fait, je ne sais pas ce qu'elle ressent.

— Toi, tu sais ?

— Je crois.

— Et tu ressens quoi ?

— Ben, que je suis prêt à lui dire des trucs comme je l'aime.

— Ah ouais quand même.

— C'est mal, je sais. Je l'ai revue depuis quelques jours et je suis déjà aussi misérable que ça.

— Non, je crois que c'est bien ça. Mais tu es paumé. Pourquoi c'est compliqué de lui dire ?

— De lui dire quoi ?

— Ce que tu viens de me dire, bordel ! T'es con ou quoi ?

— Mais si elle ne ressent pas ça ? je demande.

— Ça changera quoi ?

Je l'ai regardé. Bêtement.

— Rien, j'ai admis. Ça ne changera pas le fait que je crois que je l'aime.

— Et tu auras pris le risque de lui dire et d'être fixé, il a continué. Ça peut valoir le coup, en fait.

Voilà, on y était. Je n'avais jamais vraiment pris de risque. Et puis il y avait cet arrière-goût dans la bouche un peu con. Je me demandais encore si je l'aimais pour les bonnes raisons. Pour le défi qu'elle représentait. Ou pour de vrai. Tant pis, j'ai fini par conclure. Il fallait que j'agisse.

En sortant du restau, je savais à peu près ce que je voulais faire. Mon scénario valait ce qu'il valait, mais au moins, par rapport à toute cette journée, j'en avais un.

J'ai sonné, mais la porte est restée fermée et l'appartement parfaitement silencieux. C'était simple, elle n'était pas chez elle. C'est tout. Lundi, 20 h 15, pas d'Anna. J'ai regardé mon téléphone, une nouvelle fois, mais il était très constant. Pas d'appel manqué. J'avais l'air con, sur son palier, avec mon bouquet de fleurs. Pourtant, j'avais aimé choisir ces fleurs. J'avais aimé l'idée d'en acheter pour la femme que j'aimais. Je m'étais regardé acheter ces fleurs et j'aimais le portrait de moi. Mais là, c'était déjà un peu plus dur d'assumer. L'effet de surprise était déjà raté.

Je me suis effondré sur la dernière marche d'escalier et j'ai posé les fleurs à côté de moi. Combien de temps j'ai attendu ? Sans doute pas tant que cela. Mais ça me semblait bien long tout de même. À chaque fois que la porte claquait en bas, à chaque fois que l'ascenseur se mettait à monter, je me relevais, prêt à l'accueillir. Mais l'ascenseur ne montait jamais jusqu'au dernier étage. La cabine n'ouvrait jamais ses portes pour la laisser apparaître. 20 h 30. Rien. 20 h 45. Rien. La tête entre les mains, ma fatigue l'a emporté. Ce putain de jet lag de merde. Je me suis endormi. Again. Comme une merde sur son palier.

Au fond, cela aurait pu jouer en ma faveur. Un pauvre type effondré devant votre porte avec un joli bouquet. Attendrissant, non ?

— Julien ?

J'ai ouvert les yeux.

Elle était là, debout. Devant moi. J'avais dormi, quoi cinq minutes ? Et j'avais réussi à la rater. À rater mon effet. Je me suis relevé aussi sec, attrapant au passage le bouquet un peu abîmé par la manœuvre.

— Oui, c'est encore moi ! Encore en train de dormir !

Elle a esquissé un petit sourire, mais ses yeux, eux, ne souriaient pas.

Je l'ai regardée de haut en bas, un peu bluffé. La girl next door d'hier en pyjama confortable, la voyageuse en baskets et jean de New York, s'était transformée en business woman, jupe et talons inclus. Sexy. Coquine peut-être. Mais son regard à elle ne l'était pas du tout, coquin.

— Tu es jolie, comme ça, j'ai dit.

Elle a acquiescé sans dire un mot de plus et a ouvert la porte. Je l'ai suivie.

— Tu n'as pas appelé, j'ai dit, le plus gentiment possible. Alors j'ai décidé de venir te faire coucou.

Anna s'est déchaussée à l'entrée, a lancé son manteau dans le fauteuil du salon puis est partie

dans sa chambre, laissant la porte ouverte et de
là-bas je l'ai entendue me répondre :

— Ouais, désolée, j'ai eu une journée assez
merdique aujourd'hui.

— Tu rentres tard souvent ?

— Oui, trop souvent.

— Je te dérange ? j'ai demandé.

Elle est réapparue. T-shirt, pantalon de pyjama
et les cheveux relâchés. J'étais scotché par la
rapidité de la transformation. J'étais encore au
milieu de la pièce, toujours en manteau, toujours
avec mes fleurs à la main.

— Non non...

— Tiens, j'ai fini par dire en lui tendant les
fleurs.

— Merci.

Elle était déjà repartie vers la cuisine.

— Je vais les mettre dans un vase. Installe-toi.

C'était bien, d'une pièce à l'autre, on pouvait
se parler. On pouvait, mais on ne se disait rien
de ce que j'avais prévu de dire. J'avais prévu de
dire désolé Anna, je n'ai pas pu m'empêcher de
revenir. Désolé, mais tu m'as manqué comme un
dingue toute la journée. Désolé, mais ces fleurs,
c'est pour te dire que tu es comme ces fleurs qui
illuminent maintenant l'appartement. Tu changes
tout. Tu égayes tout. Non, rien de tout ça n'est
sorti. Ça ne pouvait pas.

Elle allait trop vite, elle s'agitait trop, elle passait
d'une activité à une autre, elle n'arrêtait pas de
bouger. Elle ne se posait jamais pour me regarder.

Je ne comprenais rien d'elle. On s'était quittés, hier, sur un trottoir et un baiser sous la pluie. On s'était quittés avec des formes de promesse pas dégueulasses. Et là, Mademoiselle Anna s'était transformée en glaçon. Je ne pigeais plus rien.

— Tu veux boire un truc ? Tu as mangé ? Merde, je ne trouve pas de vase. Ah tiens, ce truc-là, ça va le faire. Alors ? Tu as faim, soif ?

Alors j'ai fait la seule chose que je savais faire parfaitement dans ces cas-là. Je n'ai rien dit. Et j'ai foncé.

Mon Dieu, j'ai adoré la retrouver toute nue. Son corps s'était déployé, à l'image de sa poitrine qui était passée d'un format petit modèle à une version plus généreuse. Tendre. Douce. J'ai stoppé là toute comparaison avec le passé parce qu'en réalité, c'était comme moi découvrant l'Amérique, après avoir découvert l'Inde. Ça n'avait rien à voir. Ce n'était que du neuf. Nous nous étions déshabillés à toute vitesse, elle encore plus vite que moi, car elle portait déjà moins de couches. Debout, l'un en face de l'autre, devant la porte de sa chambre, nous nous étions dévoré les lèvres, nous nous étions respirés par tous les pores de nos peaux. Nous avons dansé une chorégraphie amoureuse verticale et excitante avant de nous laisser tomber sur le lit de la demoiselle. J'étais au garde-à-vous, depuis quelques minutes déjà, collé à l'une de ses cuisses et je mordillais l'un de ses tétons avec fièvre. Elle réagissait en gémissant, en me caressant les cheveux, en tirant sur quelques mèches au passage, puis enroulant l'une de ses cuisses autour de mes hanches. J'étais prêt, j'étais cuit. J'étais bien.

— Faut que tu mettes une capote, elle a dit à mon oreille.

Oui, oui, une capote. Où avais-je la tête ? Peut-être qu'elle ne prenait pas la pilule. Peut-être qu'elle était assez raisonnable pour se dire qu'on ne connaissait pas assez nos histoires passées pour accorder notre confiance à nos fluides corporels. Peut-être que j'avais envie d'oublier tout cela, tant tout cela me semblait être la bonne chose, au bon moment. Mais elle me rappelait à l'ordre. Tendrement.

— Je ne vais plus pouvoir attendre, elle a ajouté. Tu en as ?

J'ai bondi du lit, à la recherche de mon jean et de sa poche magique où j'avais rangé les précieux objets. Mon retour au célibat trois ans plus tôt m'avait obligé à reprendre ces habitudes-là aussi. Et je dois avouer que l'un des grands plaisirs de ma relation longue durée avec ma femme Ellie, ça avait été ce plaisir de faire l'amour, sans capote, sans crainte. Librement. J'avais enfin ressenti que je n'étais plus un homme de conquêtes. Je n'avais plus envie de séduire. Je voulais de l'amour. Je voulais l'amour. Je suis revenu m'asseoir sur le bord du lit avec mon sésame vers le septième ciel. Anna avait son air de gamine impatiente de jouer.

J'ai croisé ses yeux attentifs à la progression de mon travail technique.

— Tu t'en sors ? elle a dit en pouffant.

Ayé, j'avais réussi ma bataille avec le plastique c'est fantastique. Je me suis levé.

— Voici le marteau de Thor !

Elle a pouffé encore plus fort.

— Hum, on dirait bien que tout cela est prêt à l'emploi, elle a fini par dire, en riant un peu moins et en montrant davantage son impatience.

J'adorais, c'était gai, simple, sans stress. J'avais eu peur de ne pas y arriver, de ne pas bander. Tant lui faire l'amour était important pour moi. J'avais eu peur d'être maladroit, empoté, pas excitant. Et elle portait maintenant sur moi un regard de désir que je savais reconnaître. Elle s'est redressée sur le lit et j'ai été subjugué par le mouvement de ses seins. Elle a tendu les bras vers moi, m'enlaçant par les hanches et m'attirant vers elle, sur le lit. Je me suis laissé faire. Sans résistance. Et mes mains ont repris possession de sa peau, à mesure, qu'elle m'entraînait à elle.

— Tu es tellement belle, j'ai murmuré en glissant mon genou entre ses cuisses.

Elle s'est ouverte en grand. Ma main est descendue jusqu'à son sexe humide. Mes doigts ont préparé avec délicatesse la suite. Elle a gémi. Elle était plus que prête. Alors j'ai avancé mon sexe jusqu'à l'ouverture, entrant doucement, reculant doucement, tout en caressant son clitoris avec mes doigts. Je faisais monter la pression d'un cran. Tant que je pouvais encore la contrôler. Ses gémissements grandissants semblaient indiquer que cela fonctionnait plutôt à la perfection. J'ai poursuivi ma progression lentement, tant que j'ai pu, mais cela devenait de plus en plus compliqué pour moi de maîtriser l'excitation qui montait. Sous moi, au centre de ses jambes, je me suis soudain enfoncé en elle aussi loin qu'il me semblait possible d'aller, sans cesser de fixer son visage. Ses yeux jusque-là mi-clos se sont complètement ouverts et elle m'a souri en même temps.

— Oh mon Dieu, c'est bon...

Je me suis écrasé contre son torse, rassuré par ses mots et j'ai commencé un va-et-vient puissant. Elle a cherché le contact de ma bouche, je m'y suis abandonné. Elle a ouvert encore davantage ses cuisses, je m'y suis abandonné. Elle a caressé mon dos, mes fesses, je m'y suis abandonné.

— Tu es tellement belle, j'ai répété.

Je ne savais pas dire autrement ce que je ressentais. Je ne trouvais pas les mots pour dire que c'était bon, que c'était juste, que c'était beau, que c'était un des moments les plus excitants de ma vie et des plus purs aussi. Alors je ne parlais que de sa beauté qui semblait tout résumer, tout englober. Le centre du monde était au centre d'elle. Et j'aimais ça.

Nous sommes restés quelques minutes comme abasourdis, emmêlés et essoufflés. J'avais coincé mon bras en dessous de son cou et l'une de ses jambes était totalement collée à la mienne.

Je n'avais pas du tout envie de m'assoupir. Je n'avais pas envie de bouger. J'avais complètement envie de parler.

— Eh bien mon Dieu... C'était... C'était...

— Chouette ? elle a tenté en me jetant un coup d'œil.

— Grandiose !

— OK. Va pour grandiose ! Tu as soif, Thor ?

J'ai rigolé, un peu honteux de ce souvenir. Comment j'avais pu dire un truc comme ça ?

— Non, ça va.

— Je vais me chercher de l'eau, elle a dit, en se redressant.

Je l'ai regardée se lever. Je l'ai regardée passer un T-shirt. Je l'ai regardée sortir de la chambre.

— Arrête de me reluquer !

— Ah ça, sûrement pas !

Je l'ai entendue rire. J'ai adoré le bruit doux de ce rire. Et cela m'a frappé soudain. Depuis nos retrouvailles, un mois plus tôt, je n'avais pas entendu ce rire-là. Et il m'était revenu. Dans la cuisine, je l'ai entendue farfouiller dans ses placards, son frigo.

— Tu fais quoi ?

— J'ai faim, elle m'a répondu de loin.

À ces mots, je me suis senti l'homme de la situation. La cuisine, c'était devenu une des choses que j'aimais faire avec le temps et avec, surtout, les connaissances transmises par Marc. J'ai enfilé mon jean et je l'ai rejointe. Elle fouillait, l'air un peu désespéré, son frigo. Mais son frigo était bien la dernière chose qui m'intéressait parce que cette vision d'elle, fesses nues et T-shirt moulant, était bien plus fascinante. J'allais replonger vite fait si elle continuait à s'exhiber ainsi.

— Va te mettre une culotte, sers-nous un verre de vin, je m'occupe du repas, j'ai fait, assez sûr de moi.

— Mais comment tu as fait ça ? elle a dit en avalant une deuxième bouchée de mon plat de pâtes.

— Ben, j'ai trouvé un paquet de pâtes, une vieille gousse d'ail. Tu avais une conserve d'olives noires dans un coin et j'ai prié pour que tu carbures à l'huile d'olive.

— C'est délicieux, elle a dit, la bouche pleine. Je n'en reviens pas. Tu es un cuisinier hors pair.

J'ai souri. Flatté.

— Raconte ça à Marc quand tu le rencontreras.

— C'est qui, Marc ? Je lui dis n'importe quoi si tu me cuisines des plats comme ça.

— C'est mon meilleur pote. Il tient un restau près du canal Saint-Martin. Et il sait hyper bien cuisiner. Moi à côté...

— Toi à côté, tu me satisfais totalement, ce soir...

Elle m'a lancé un regard coquin. Je ne rêvais pas. Elle me chauffait à nouveau, là, la miss.

— T'es chaude comme une baraque à frites, toi !

— Hé, oh, le marteau de Thor... C'est toi le plus chaud.

J'ai bu une gorgée de vin. Un côtes-du-rhône bien corsé. Fort en bouche.

— Il te plaît ?

— Ça va, j'ai dit. Il est costaud.

— C'est un cadeau de fournisseur. Je ne sais pas ce que cela vaut...

— Ah, j'ai fait, rassuré. C'est pas grave si je te dis que c'est une belle piquette.

— J'en étais sûre... C'est un vrai voleur menteur ce fournisseur...

— Il te fournit quoi ?

— Il m'aide à organiser des événements pour des clients. Il fait plutôt bien le job. Mais visiblement, je dois être une petite cliente pour lui.

— C'est pas grave, j'ai dit, en avalant une grande lampée à nouveau. Il fait l'affaire.

J'étais devenu un petit amateur de vin pendant mon mariage avec Ellie. Mon beau-père était un amateur de grands crus. Il sortait ses grands châteaux aux repas familiaux et il attendait de nous, les hommes autour de lui, des commentaires, des avis. Je n'en avais pas des masses au début. J'aimais ou pas. Il s'avère qu'avec lui, j'avais pris le parti d'aimer tout. À défaut de savoir. Mais un soir de Noël, où ils m'avaient tous particulièrement soûlé avec leurs traditions, leurs manières bourgeoises, leur fausse modestie et fausse générosité, j'avais balancé, sans honte, que je trouvais ce vin bizarre. C'était un Pétrus. Et il était franchement dég. Et j'avais dit la vérité. Mon beau-père, Michel de son prénom, m'avait regardé bizarrement. Puis avait regoûté, regardé ses propres fils et déclaré :

— Notre artiste a raison. Ce vin est totalement bouchonné.

Il me restait de ce souvenir l'impression que pour la première fois et la seule, sans doute, j'avais gagné son estime. Ce soir-là, j'avais pris quelques galons et obtenu une franche haine de mes beaux-frères, tant il était clair que grâce à moi depuis que j'étais entré dans leur famille, ils n'étaient jamais plus les derniers de la classe. Désormais, j'étais sur les rangs, dans leur compétition débile. Et ils ne m'en méprisaient que davantage.

— Tu t'y connais en vin ? elle a demandé.

— Un peu plus que toi, on dirait...

— Ouais, j'imagine...

— Je peux te demander un truc ?

— Demande toujours.

— Tu te nourris de temps en temps ?

— Pardon ?

— Ton frigo est vide, tes placards sont vides...

— Je n'ai pas trop eu le temps de faire des courses ces derniers temps.

Pas avoir le temps à ce point-là, ça racontait une autre histoire de mon point de vue. Mais je n'ai pas voulu insister. Je me faisais ma petite idée. Peut-être aussi que je projetais. Mais ça me rappelait une époque. Une époque de tristesse où je passais davantage de temps à fumer, à boire pas mal et à ne pas vraiment me soucier d'acheter des choses saines à manger. Quand j'étais volontaire pour me nourrir, je me décidais à aller acheter un peu de junk food rapide, sans plus d'ambitions culinaires. À quoi bon ? J'étais désormais seul face à moi-même, et Ellie, et Malo, me manquaient.

— Moi aussi, je peux te demander un truc ?

— J'imagine, oui...

Anna s'est déplacée sur le canapé vers moi et a posé sa main sur mon torse. Elle avait la main assez grande pour recouvrir le petit tatouage que je portais à la place du cœur. Un petit symbole de l'infini dans lequel était venue se nicher une minuscule ancre marine.

— Ah ça...

— Oui. Ça.

Je l'ai laissée caresser le tatouage de son index. Elle faisait mine de suivre le parcours de l'encre noire, doucement, tendrement. Elle s'est arrêtée, s'est penchée, a embrassé le dessin puis s'est reculée sur le canapé, en s'installant entre les coussins.

— Il raconte quoi ?

Ce qu'il racontait c'était l'amour inconditionnel que je portais à mon fils. Il racontait la volonté de marquer mon corps de son existence. Je n'avais pas porté Malo pendant ces neuf mois intenses qu'avait été la grossesse d'Ellie. Il ne m'avait pas semblé le regretter sur le moment. C'était comme ça, l'ordre naturel du monde. Mais voilà, quelques semaines après sa naissance, j'avais eu cet instinct. De marquer mon corps de cette empreinte indélébile que Malo avait et allait laisser dans ma vie.

147

Je n'étais jusqu'alors pas très versé dans le culte du tatouage.

— Il raconte tout ce que je ressens pour mon fils, l'amour que je lui porte, j'ai fini par lui répondre.

— L'ancre de marin pour Malo ?

— Et l'infini pour l'amour.

— Tu en as d'autres que je n'ai pas vus ?

— Non, juste celui-là. Je pense que ce sera le seul.

Anna s'est tue. Elle a laissé son regard s'échapper dans le vide. Je sentais bien qu'elle réfléchissait à quelque chose.

— J'ai songé à en faire un, elle a dit soudain. Un tatouage. Après la mort de papa et maman. Marie m'a dissuadée. J'aurais peut-être dû.

— C'est toujours possible.

— Ça me semblait juste sur le moment... Maintenant, je ne sais plus.

J'ai senti son vague à l'âme resurgir. J'ai senti ce flottement qui avait été le sien à chaque fois qu'elle avait été amenée à me parler de la disparition brutale de ses parents et à l'effondrement du concept de famille en même temps.

— C'est douloureux à faire ?

— J'ai douillé, oui.

— Mais tu es douillet, non ?

— Il paraît, oui.

J'ai attrapé sa main et, à mon tour, j'ai caressé son bras. Je me souvenais de la douceur de cet épiderme. Cette peau de jeune fille, si blanche, si tendre. Ado, elle avait un peu honte de son corps.

Pourtant, au moment d'être complètement nue, complètement non protégée, elle avait eu cette faculté de se libérer de tout, de n'avoir plus peur de rien. Ni de moi, ni de mon inexpérience, ni de mes maladresses. Nous avions été si fous l'un de l'autre. Si entiers et furieux aussi quand Erwan était mort.

Ces retours en arrière finissaient par me plaire. Après avoir trouvé ça franchement nul, je trouvais du goût à nos souvenirs communs.

Et puis la conversation a dérivé. Elle a parlé de Laure. Laure, sa grande copine. Je me souvenais bien d'elle. Nous avions vécu côte à côte de nombreuses années d'enfance et d'adolescence. Mais dans les faits, c'est Anna qui nous avait liés pour de bon l'année de son arrivée en Bretagne. Je ne me faisais pas d'illusion sur ce que Laure était devenue. Sans la juger, je savais à peu près ce qu'il s'était passé. Je l'avais vu se produire tellement de fois.

D'abord le potentiel. D'une gamine plutôt douée et ouverte. Et puis à la sortie de l'enfance, les écarts entre ceux qui font quelque chose de leur potentiel et les autres se créent. Laure faisait partie de la catégorie deux. Adultes modestes, parents borderline, elle avait dû repiquer une première classe au collège. Et encore, elle s'en était sortie, de cette phase-là, puisqu'elle avait fini par aller au lycée sans passer par la case CAP actions sociales ou coiffure.

Laure est donc au lycée. Elle vivote à l'école

comme elle vivote dans la vie. Anna ne le sait pas, mais depuis des années déjà, elle la tire vers le haut, elle l'amène à vouloir plus pour elle-même. Mais ça reste compliqué. Ce n'est pas une question de niveau scolaire, de devoirs, de culture. C'est une question de perspective. Les gens de sa famille, autour d'elle, depuis toujours, lui ont montré un modèle, celui de la petitesse. Elle ne sait pas faire avec celui qu'Anna, ses parents, les autres amis lui offrent. Alors, coincée entre les deux schémas, elle alterne les situations. Elle réussit à obtenir des bons résultats dans certaines matières, mais elle parvient aussi à se faire coller pour ses absences répétées.

— Qu'est-ce qu'elle est devenue ?

— Ben je ne sais pas, justement. On s'est perdues de vue.

— Il y a longtemps ?

— Au millénaire dernier.

— Et plus précisément ?

— Je crois que la dernière fois, c'est un coup de fil pour un anniversaire. Ses vingt-trois ou vingt-quatre ans. Elle avait déjà eu son bébé. Ça, tu l'avais su qu'elle avait eu un bébé ?

— Non.

— Eh ben voilà, c'est ça qu'il s'est passé. Ça, c'est structurant. Un bébé, le père du bébé. J'ai arrêté d'avoir des nouvelles à peu près au moment où elle s'est séparée du père. On voulait se voir, on voulait toujours se voir. Mais le petit gars, sa mère qui ne l'aidait pas trop, le train, le fric, c'était loin. Bref, on a peu à peu coupé les ponts. Et puis un coup de fil pour son anniv et elle m'apprend qu'elle vient de trouver un job de vendeuse chez Décathlon. Et elle est contente. Et je suis contente pour elle. Mais là, tu vois, je bloque aussi. On n'était plus les mêmes. Je ne savais pas ce que j'étais, mais j'étais plus la même.

Ça ne m'a pas étonné. Les probabilités étaient contre elles. Et Laure était restée dans le sillon habituel. C'est pour ça que j'avais la rage de me sortir de ça à l'époque. J'avais la trouille de ne pas y parvenir.

J'ai commencé à débarrasser nos assiettes et les restes de notre repas. Anna s'est levée pour m'aider.

— Non, laisse, je m'en occupe. Choisis un bon disque, j'ai fait.

— Quel genre ?

— Genre une musique pour faire l'amour.

Chapitre 3

Le lendemain, nous avons à nouveau commencé la soirée en position allongée. Sur son canapé. Nous nous étions à nouveau jetés dessus, avant de nous jeter sur des gâteaux apéro et du vin blanc. J'aimais l'ambiance dans son appartement. J'aimais le cocon qui était le nôtre. J'aimais la dînette qu'on improvisait. Au milieu d'un novembre déjà glacé, nous réussissions à créer une bulle de chaleur que j'avais envie de retrouver chaque soir et pas envie de quitter le matin. Mais il allait pourtant falloir songer au monde extérieur le lendemain matin. Je devais aller à Tourcoing toute la journée. Pour travailler sur des photos de catalogue.

— Il faut que je parte tôt demain. J'ai un train à 7 heures et quelques.

Anna s'est penchée pour m'embrasser.

— Mon pov' chouchou qui va passer la journée à photographier des filles en maillot de bain...

— T'es jalouse ?

— J'essaierai de pas y penser, elle a dit en bottant presque en touche.

— Je fais des photos de mec, demain... Espèce de petite cruche...

— Ah chouette, je peux venir ?

— Tu es vraiment une chipie !

Je me suis approché d'elle pour l'embrasser avec toute la passion tendre qu'elle m'inspirait sur l'instant. Anna m'a laissé faire puis a repris son fil :

— Toi aussi, tu as fait des catalogues ? elle m'a demandé en me resservant un verre de vin.

— Des tonnes et figure-toi que j'adorais ça. C'est tranquille, bien organisé. On change plein de fois de vêtements, mais les attentes de La Redoute ou des Trois Suisses, c'est plus facile à gérer que Chanel ou Vuitton. Y'a moins de pression.

— J'imagine, elle a fait en me regardant d'un drôle d'air.

— Quoi ?

— En fait, j'imagine pas du tout ! elle s'est esclaffée. Ce monde-là, c'est trop... je sais pas... irréel ?

Tout à coup, j'ai su ce qui me plaisait tant dans nos discussions. D'une certaine manière, elle était juste de ma planète. Ou bien j'étais de la sienne. Ça m'avait demandé beaucoup d'efforts de devenir celui que je n'étais pas. Un photographe de mode qui voyage au Japon, à Los Angeles au sein de milieux inconnus. Un mari d'une grande bourgeoise, jolie comme un cœur, curieuse de moi et de mon côté populaire, mais sans background commun. Sans racines à partager. Non, j'étais tout de même sur une fausse piste. Je n'aimais pas Anna parce que nous avions grosso modo les mêmes origines sociales ou parce qu'elle avait un métier normal. C'était forcément plus complexe. J'aimais Anna parce qu'elle était vive, ironique, enthousiaste et cynique, dans nos combats verbaux. J'aimais Anna parce que nous avions justement des joutes verbales. Nous étions la vie, dans nos dialogues. Nous étions vivants. Et je n'étais pas beaucoup tombé sur des gens comme ça.

Oui, il y avait quand même eu Marc, mon super pote depuis dix ans. Qui s'était montré généreux quand je ne gagnais pas ma vie. Oui, il y avait Hervé, un autre gars, croisé aux Beaux-Arts et jamais perdu de vue depuis. Et même Linda, mon Américaine d'*Allure*. Mais voilà, avec Anna, il y avait une autre dimension en prime. Il y avait le désir. Le feu. La faim. Il y avait mon sexe qui parlait tout seul au plus mauvais moment possible. Comme un ado aux hormones en fusion. Il y avait les images mentales qui se succédaient. Je l'imaginais toujours toute nue, je l'imaginais toujours indécente ou pire. Parler et faire l'amour et écouter de la musique et boire du vin blanc et parler et faire l'amour et... Tout recommencer éternellement.

Après trois soirées enfermés à deux, je me suis décidé à montrer Anna au reste du monde. Mieux, j'en avais envie. Dans les faits, il s'agissait simplement de la présenter à Marc qui représentait une grande part de mon monde. De toute façon, je n'avais pas le choix. Marc me harcelait au téléphone depuis que j'étais parti jouer Julien-face-à-son- destin en le laissant ce soir-là seul, sans nouvelles. Lundi... c'était déjà si loin. Une éternité...

J'ai expliqué la situation à Anna. Marc, son inquiétude, mêlée de curiosité (« c'est une mère poule »), l'avantage d'une soirée au restaurant où on ne paierait pas pour les délices qu'on allait manger (« parce que tu comprends, quand il me fait chier comme ça, moi, je ne paie pas ses additions, c'est le deal »), la probabilité qu'on avait de manger du foie gras de l'Aveyron avec un bon moelleux.

— Si tu me prends par la nourriture, elle a commenté, tu peux tout faire de moi.

Cela me faisait rire parce que c'est vrai que je la trouvais gourmande, Anna. Elle avait aussi le verre de vin qui descendait vite.

De cette soirée au restau, où nous étions arrivés pour dîner en tête à tête et où nous avions fini tous les trois, dans une salle éteinte et vide de tout client, à refaire le monde, je savais déjà que j'allais garder un souvenir ému. Marc et Anna, dans la même pièce, c'était du grand à mes yeux. C'était mes mondes parallèles qui fusionnaient. Marc avait été mon grand repère parisien pendant mes premières années d'adulte. Anna avait été la révélation d'un monde à prendre pendant deux années d'adolescence intenses et belles. Et aujourd'hui, dans ce monde parisien qui était devenu ma patrie, les deux éléments se rejoignaient et ne formaient plus qu'une seule équipe. J'en étais heureux.

Dans le passé, Anna m'avait montré un attachement sans faille et c'était moi qui avais perdu des jours précieux à me demander si cette gamine qui m'attirait tant et qui était, plus les jours passaient, de moins en moins une gamine, était bien attirée par moi. Je ne voulais pas échouer. Je ne savais pas me tromper. Je voyais bien toutes ces bandes de mecs lui tourner autour, faire les beaux, l'air de rien. Je les connaissais, ces gars-là. Pour certains depuis ma plus tendre enfance. Je pouvais deviner leur attrait et leur charme et je ne pouvais tout simplement pas croire que c'était vraiment moi qu'elle voulait. Je n'avais tout simplement jamais été amoureux avant Anna. Et j'avais mis un temps de dingue à reconnaître les symptômes de l'amour. Et je n'avais pas su prendre le risque qu'il fallait.

Nous avons quitté Marc devant la devanture du restaurant qu'il était en train de fermer. Il était fort tard. 2 heures du matin déjà. Anna s'est mise à bâiller sans pouvoir s'arrêter.

— Je te ramène chez moi ? j'ai proposé doucement en la prenant dans mes bras.

Ma princesse était épuisée. Elle n'a même pas parlé, mais dans mes bras, je l'ai sentie hocher de la tête, en guise d'acceptation.

— J'ai hâte de voir comment c'est, chez toi, elle a fini par murmurer.

Je l'ai serrée plus fort pour la réchauffer autant

que ses mots venaient de réchauffer mon cœur, et j'ai fait signe à un taxi.

La voiture a glissé dans la nuit de Paris jusqu'à ma rue des Jeûneurs. J'étais heureux de l'emmener dans mon Sentier. Heureux de lui faire découvrir mon univers après plusieurs jours à explorer le sien. Anna a semblé se réveiller en arrivant chez moi. Elle a ouvert des yeux grands comme ça en faisant le tour du propriétaire. Moi aussi, je trouvais que c'était bien chez moi. C'était en quelque sorte une petite création. J'avais acheté cet ancien atelier de confection et j'avais tout refait. Avec ma conviction et mon énergie. La pièce centrale était bien sûr mon grand chef-d'œuvre. Une sorte d'atelier industriel avec un coin-lecture près des grandes fenêtres, un coin-cuisine ouvert et le reste dédié au je-fais-rien-dans-le-grand-canapé-en-regardant-un-film. Les deux chambres étaient petites comparées à ce grand espace, tout comme la salle de bains. Mais j'avais voulu le maximum de mètres carrés pour cette pièce qui était mon grand fantasme. Et j'aimais le résultat même si on pouvait toujours l'améliorer.

— Tu es là depuis longtemps ?

J'ai compté dans ma tête. Mon retour à la vie de célibataire. Ma déroute de père. Cinq ans. Déjà.

— J'ai acheté il y a trois ans.

— Waouh. Proprio !

— C'est un conseil de mon père. Avec mes revenus aléatoires, il m'a dit « Investis dans la pierre. » D'ailleurs, Marc me l'a dit aussi.

— Ils vont bien, tes parents ?

Mes parents allaient bien. Mon grand frère allait bien. Mon petit frère allait bien. C'était écœurant, tout ce bonheur familial. Simple, mais réel. Je ne pouvais pas lui parler de ça. Pas à elle et sa vie toute déchiquetée. Ce n'était pas normal.

— Ils vont bien. Merci.

Anna s'est effondrée sur le canapé et, face à elle, elle a regardé longtemps le mur de photos. J'avais dédié un pan entier de mur de mon appartement à l'accrochage de photographies. Certaines que j'avais prises moi, d'autres d'artistes que j'aimais, des photos professionnelles, des personnelles. C'était mon mur d'images. Une fois, je les avais comptées. Il y en avait plus de deux cents à présent. Et le mur n'était pas rempli encore.

— T'es un grand dingue, elle a dit. Mais c'est beau.

— Merci.

— Tu pourras me donner une photo de toi ?

— Tu veux dire une photo prise *par* moi ou *de* moi ?

— De toi, c'est l'idée.

— Euh, d'accord, j'ai fait, dérouté, flatté.

J'avais toutes les photos de toutes mes expos. Avec des propositions artistiques qui me paraissaient toutes très fortes, belles. Mais c'était une photo de ma tronche qu'elle voulait. Un portrait stupide de ma période mannequinat. Une photo de mon visage. Elle a dit aussi :

— Ça m'a parfois manqué de ne pas avoir de traces de toi.

J'ai laissé venir la suite. Sur la pointe du cœur, elle me parlait de ses regrets. C'était un moment de grâce. Je savais les reconnaître.

— Parfois, ton visage était comme effacé. Et je trouvais ça dingue d'en arriver à ça. C'est comme Erwan. Tu arrives à te souvenir de son visage, toi ?

Erwan. Son prénom était prononcé pour la première fois entre nous depuis nos retrouvailles. Et je ne savais pas réagir à ça. De cette époque, je n'avais pas de souvenirs chez moi à Paris. Peut-être dans le bordel chez mes parents. Et encore. Mais de toute façon, je n'avais jamais oublié le visage d'Erwan, pas plus que celui d'Anna. Peut-être que c'était la façon dont mon cerveau fonctionnait. J'étais un homme d'image et je savais enregistrer et refaire de mémoire.

— Oui, j'arrive à me souvenir de son visage, j'ai finalement répondu.

J'ai ouvert un tiroir et dans mon fourbi, j'ai extrait une pochette de mon ancien book de mannequin. Là-dedans, il y en avait des tas, de photos de moi. De celles dont mon agent et moi, on trouvait à l'époque qu'elles pouvaient faire de l'effet à un directeur de casting. Elles étaient quand même plus esthétiques que mes pauvres photos de catalogue allemand.

Je lui ai tendu le truc.

— Tiens, regarde là-dedans et prends celles que tu veux. Elles sont quand même mieux.

Anna a souri comme une enfant qui s'empare d'un nouveau jouet. Et avec son regard curieux, j'ai passé en revue les souvenirs qui me rattachaient à ces photos. L'une d'elles l'a fait éclater de rire. OK, je n'étais pas trop fier de cette photo-là. En quatre par trois, j'avais été à l'affiche d'une campagne de pub pour le magazine *Têtu*.

— Ouais, je sais, j'ai admis en riant avec elle. Mais ça m'a payé une partie de cet appart. Alors bon...

Elle a continué à tourner les pages de pochettes transparentes. Lentement. Curieusement. Devant la campagne Calvin Klein où j'étais en boxer au côté de Kate Moss, une de mes dernières grosses campagnes, elle a bloqué.

— Ah quand même, elle a fait.

— Ouais, j'ai fait fièrement. Quand même !

— Tu as financé quoi avec celle-là ?

J'ai essayé de prendre l'air inspiré. Je voulais faire de l'effet.

— Ma liberté. Avec ça, j'ai commencé à envisager de ne plus faire que de la photo, mais de l'autre côté de l'objectif.

— Tu as bien roulé ta bosse.

Elle s'est arrêtée devant une en noir et blanc. Je suis saisi dans un éclat de rire. J'ai presque les yeux fermés. Ce que le photographe a capturé de moi est d'un naturel que je ne m'explique pas. Elle s'est figée.

— Celle-là, elle a dit. OK ?

J'ai sorti la photo de sa pochette et je me suis levé pour aller chercher une enveloppe.

— Tu vas me mettre sur une de tes étagères ?

— On verra, on verra.

J'aimais son intention. J'aimais qu'elle veuille me voir et m'avoir chez elle.

— Bon, on va dormir ? j'ai lancé.

Il était à peine 9 heures quand j'ai dû la réveiller. Ça me crevait le cœur, mais je n'avais plus le choix. J'allais retrouver mon Malo d'ici une petite heure et, d'une manière ou d'une autre, il fallait qu'Anna s'en aille. Au début, Anna m'a offert son plus joli sourire et a coincé son visage dans mon cou. J'aimais la sensation. Mais je ne pouvais pas m'y arrêter.

— Il est quelle heure ? Il est tôt, là, non ?

Oui, forcément, elle avait les yeux gonflés de sommeil. Nous nous étions endormis à peine quelques heures auparavant. Après avoir discuté fort long-temps encore sur mon canapé puis fait l'amour fort bruyamment dans ce même lit. Moi-même, je me sentais presque nauséeux de fatigue, mais il fallait que je prenne sur moi.

— Tiens, j'ai dit, en lui tendant un mug de café, je t'ai préparé ça.

— Il se passe quoi ? elle a dit, en se redressant. Tu me mets dehors ?

— Dis pas n'importe quoi...

— J'ai quand même la sale impression que tu me mets la pression, là...

OK, je n'allais pas pouvoir tourner autour du pot plus longtemps. Il fallait que je crache ma Valda.

— J'ai un peu oublié de te dire qu'aujourd'hui je récupérais Malo et que, du coup, on ne pouvait pas trop s'éterniser ce matin.

Anna s'est enfoncée dans l'oreiller et a trempé ses lèvres dans le café. Elle semblait réfléchir, mais je ne savais pas dire ce qu'il en était. Son visage était impassible.

— Anna, s'il te plaît, dis quelque chose.

— Il arrive quand ?

— Vers 10 heures.

— T'es content ?

— Je suis content et triste.

— Tu as envie qu'on se revoie ?

— Mais bien sûr, Anna... Malo est avec moi pendant une semaine. On pourra se voir après.

— OK.

— Je sais, ça va être long... Je suis désolé.

— Non, c'est normal. C'est OK.

Et plus elle le disait, plus je la voyais blessée et plus je me disais que j'avais mal géré.

— J'aurais dû mieux t'expliquer. Je suis nul.

— Laisse tomber, je comprends. C'est ta vie. C'est ton fils. Je ne suis pas conne à ce point.

Non, elle n'était pas conne. Mais elle était émue. Je pouvais deviner son trouble à cette espèce de fuite en avant soudaine. Elle s'est levée, a commencé à s'agiter pour retrouver ses vêtements, éparpillés dans la chambre. Je la regardais se sentir merdique en me demandant comment j'avais pu créer cette situation. Comment j'avais pu manquer à ce point de sensibilité. Anna n'était pas une fille que j'avais envie de foutre à la porte après des ébats incertains. Et pourtant, ce matin-là, je lui faisais jouer un rôle sordide.

— Tu as le temps de prendre une douche, tu sais.

— T'inquiète, je ferai ça chez moi.

Elle faisait face, continuait à afficher un visage de brave petit soldat. Et plus son courage me sautait au visage, plus ma lâcheté m'envahissait. Anna s'est posée sur le lit pour enfiler ses bottes puis, d'un pas décidé, elle a traversé la chambre à la recherche de son sac à main. Je l'ai suivie dans la pièce principale.

— Mais il est où ? elle a marmonné en parcourant la pièce du regard. Ah là.

Elle a marché jusqu'au bar de la cuisine américaine et a attrapé son sac d'un geste maladroit. La moitié s'est renversée sur le sol.

— Mais que je suis conne ! elle a juré en se baissant. Je suis conne conne conne !

J'ai foncé vers elle, et son sac à main, et son bordel par terre. Quand j'ai pris ses mains dans les miennes, elle a levé les yeux vers moi.

— Anna, je suis épouvantablement désolé et j'ai très envie de te revoir le plus vite possible et je ne veux pas que tu te sentes mal à cause de moi et dis-moi que ça va aller.

Anna a tenu mon regard quelques secondes supplémentaires puis a enclenché un petit sourire.

— Ça va aller.

Dans les heures qui ont suivi le départ d'Anna et l'arrivée de Malo, j'ai tenté de faire passer le mauvais goût que j'avais dans la bouche. Même Malo et son énergie et sa tendresse et ses attentes ne parvenaient pas à faire disparaître en moi l'idée que je m'étais montré égoïste et maladroit. Voilà, j'y étais. Moi et Malo et cette paire que nous formions depuis trois années, tout cet équilibre heureux, allaient être remis en question. Par ma propre volonté. Celle de donner une place à Anna dans ma vie. Alors oui, tout cela allait un peu vite. Mais je n'avais pas la possibilité de reporter ces questions. C'était ça, être responsable d'un enfant. Pour autant, cette responsabilité ne m'enlevait pas de l'idée que j'avais merdé avec Anna ce matin-là et qu'après ces jours de pur bliss entre elle et moi, ça venait tout gâcher et je m'en voulais.

À midi, je lui ai envoyé un premier SMS.

Ça va ?

Elle a mis trente minutes au moins à me répondre.

Oui et toi ?

Ce n'était pas bon. Pas bon du tout. Dans la charte des SMS amoureux, ça puait même.

On ne met pas une plombe à ne rien répondre d'intéressant. Mais bon, en même temps, je ne lui avais pas vraiment posé une question très pertinente non plus... Pendant la sieste de Malo, j'ai repris mon téléphone et plusieurs fois, j'ai joué à l'appeler. Sans jamais passer le pas. J'allais lui dire quoi ? Que j'étais bloqué avec mon fils et que je détestais cette idée d'être bloqué parce que c'était mon fils quand même, mais quand même, pour la première fois, je me sentais vraiment coincé ? Ce n'était pas un truc très intéressant et en plus, elle le savait, que j'étais papa. Ça n'allait pas faire avancer notre histoire, l'histoire de moi qui avait été maladroit avec elle, et d'elle qui pouvait avoir des mauvaises pensées dans la tête.

Quand Malo est sorti de sa chambre sur les coups de 3 heures et demie, il avait la tête des bons jours. Et cela m'a un peu réconcilié avec la vie. J'étais heureux de le retrouver mon bonhomme. J'étais heureux d'être son papa, et Anna et moi, ça n'allait pas changer ça. Sans doute que j'allais finir par réussir à faire les deux, surtout si elle le voulait elle aussi.

— Tu fais quoi, papa ?

Je pianotais encore sur mon portable, nerveusement.

— Ça te dit qu'on aille voir Marc au restau ?

— *Yesssss* !

Voilà. Malo avait cinq ans, il ne parlait pas anglais, mais disait « *yessss* » par mimétisme. Malo était toujours partant pour aller voir Marc.

— Super ! Alors goûtage, habillage et décollage !

On a pris tous les deux le métro de Grands-Boulevards à République puis nous avons marché jusqu'à la rue Beaurepaire où se trouvait l'établissement de Marc. Quand il nous a vus passer la porte, le visage de Marc s'est illuminé. Dieu que j'aimais ce type ! Il savait, en un seul sourire, me remettre dans la bonne humeur.

— Voilà les deux plus beaux de Paris !

Malo a filé jusqu'au comptoir et s'est jeté dans ses bras de parrain.

— Oh ! mais mon grand, y'a du muscle dans ces bras ! Fais voir ?

Marc s'amusait toujours avec Malo. Marc aimait profondément mon fils. Et j'aimais les voir tous les deux, d'homme à homme, se plaire et s'aimer. Faut dire que lorsque Ellie m'avait largué comme un pestiféré, la présence de Marc auprès de Malo et de moi-même avait fait la différence. Aujourd'hui, je me sentais bien et j'allais même être heureux avec Anna, j'en étais sûr, mais sans cet Aveyronnais de mes deux qui aimait trop le rugby et les troisièmes mi-temps et qui était quand même d'une radinerie rare sur le marché des restaurateurs auvergnats de Paris, eh bien, je ne sais pas où j'en serais aujourd'hui. Et puis radin il l'était dans son métier, ou plutôt bon gestionnaire disait-il, mais avec nous, les êtres humains qu'il aimait, il était la générosité même.

— Je t'offre un truc ? Un café ?

Malo venait de partir en cuisine rendre visite

à la petite équipe de plonge qui travaillait à finir le service du midi. Il y avait Moussa, il y avait un Indien du Pakistan et ces hommes de l'ombre de la restauration, Malo les adorait et ils étaient tout en tendresse pour lui, eux qui sans doute avaient des familles qui vivaient loin d'eux, eux qui souffraient sans doute de ne pas être auprès de leurs enfants.

— Alors, a dit Marc, bien rentré hier soir ?

Il avait son air de coquin. Celui qui demande l'air de rien, si la nuit avait été chaude.

— Ouais, j'ai marmonné. Bien rentré.

— Tu es venu me demander mon avis sur la demoiselle ?

Tiens c'est marrant, je n'y avais même pas pensé. Oui, bien sûr, son avis m'intéressait. Mais au fond, il n'allait rien changer. Moi, je savais.

— Oui, dis-moi, comment est Anna, selon toi ? j'ai fait en me plantant bien en face de lui sur un tabouret.

Il a posé une tasse d'expresso devant moi.

— Elle est... Je ne sais pas comment dire...

— Belle, intelligente, sexy ? j'ai tenté.

— Oui, elle est tout ça, assurément... Mais le mot que je cherchais est savoureuse, il a fini par dire.

J'ai haussé les sourcils.

— Je sais que c'est ton métier, mais quand même, tu pourrais changer de registre.

— Non, elle a de la saveur. Tu sais que saveur a la même étymologie que savoir ? On apprend ça à l'école de cuisine. Elle est ça. On la sent pleine de sagesse, posée, et en même temps pleine de goût, du piquant, de l'amertume, du sucré...

— T'es un grand dingue, j'ai soupiré.

J'avais l'habitude des envolées lyriques de mon Marc. Ça lui donnait un charme fou. Mais là, cet après-midi, je n'avais pas envie de l'entendre délirer sur la femme de ma vie.

— En gros, tu l'aimes bien ?

— Mais oui, bien sûr ! Et puis mon Dieu, comment elle te regarde... C'est hyper mignon.

J'ai souri. Voilà, j'étais possiblement en train de devenir romantique pour de bon. J'étais peut-être sur le point de devenir même gnangnan. Mais je m'en tamponnais le coquillard. Et là tout de suite, parler d'elle et de la manière peut-être amoureuse dont elle me regardait, ça me donnait une envie folle de courir jusque chez elle pour la voir et lui dire pardon, et la serrer dans mes bras et faire oublier cette maladresse qui me collait au cerveau.

— Marc, je peux te demander un service ?

— Yep ?

— Tu peux garder Malo une heure ou deux ?

— Mais ça, ce n'est pas un service, Julien. C'est un devoir ! Je suis son parrain après tout !

J'ai couru en sortant du restau. Je voulais me télétransporter jusqu'à la rue des Martyrs et, à défaut, j'ai sauté dans un bus qui remontait vers Pigalle, ça me rapprochait. Et quand j'ai sonné à sa porte, vingt minutes plus tard, j'avais encore le cœur battant de cette envie incontrôlée que j'avais eue de la voir, là, tout de suite.

Elle était venue ouvrir sans se douter de rien. Elle était venue ouvrir et, sur moi, son regard s'est arrêté et sans dire un mot, sans me laisser le temps d'en prononcer un, elle s'est jetée dans mes bras à moi. Voilà, moi, Julien, trente-deux ans et toutes mes dents, j'avais droit à ça. Et j'étais au paradis.

— Qu'est-ce que tu fais là ? Où est Malo ? elle a murmuré dans mon cou.

Nous sommes entrés sans nous lâcher, j'ai fait claquer la porte avec mon pied et là, dans son petit couloir d'entrée, je l'ai embrassée à en perdre le souffle. Et c'était bon, là, enfin de la retrouver. C'était bon de ne rien dire encore. C'était bon et je profitais.

— Tu me manquais, j'ai dit, en abandonnant ses lèvres pour un tout petit instant.

Elle m'a souri, ri, avant de m'embrasser à son tour. On avait ça dans le sang, l'un pour l'autre, cette fièvre physique et mentale. Rien que le fait de la toucher, là maintenant, de la savourer, comme aurait peut-être dit Marc, ça me mettait dans une excitation incomparable et je sentais bien qu'encore une fois, si je n'y faisais pas gaffe, c'est encore mon corps qui allait parler le plus et qu'au bout du compte, je n'aurais pas prononcé un seul des mots que je voulais lui dire avant d'arriver jusqu'ici. Faut dire que depuis que l'on s'était retrouvés, on avait quand même passé notre temps à nous sauter dessus et à nous mettre sens dessous dessus, sans trop passer de temps à parler de ce qui nous arrivait. C'est vrai que c'était une autre forme de langage, ce que nous faisions tous les deux tout nus et souvent allongés, mais il était temps pour moi de m'exprimer autrement.

Anna continuait de m'embrasser follement, là, sans témoin autre que nous-mêmes et je crevais d'envie de la plaquer contre le mur et de la débarrasser d'autant de couches de vêtement que possible. Mais je me suis ressaisi.

— Anna, laisse-moi te dire des trucs avant que...

— Avant quoi ?

— Avant que je... Et que tu...

— Je ne comprends pas ? Avant quoi !

Anna s'appuyait contre moi, de plus en plus collée à mon bassin et de plus en plus belle du désir qu'elle avait pour moi.

— Anna, j'ai marmonné, la bouche appuyée contre ses lèvres, je dois te dire que je suis désolé.

— De quoi ?

— Pour ce matin...

— Ce matin ?

— Malo, toi qui dois partir...

— Excuse acceptée, elle a dit, avant de mordiller ma lèvre inférieure. Quoi d'autre ?

— Te dire aussi que nous deux, c'est bien... Vraiment bien...

— Oui, je trouve aussi, elle a répondu, en gémissant légèrement.

— Je ne veux pas parler que de ça, j'ai essayé de préciser. Mais ça aussi c'est bien.

— Bon, bien, très bien.

— Et que je voudrais te voir tous les jours si je pouvais...

— Moi aussi.

— Mais que pour l'instant ce n'est pas possible, Malo et tout ça.

— Je comprends.

— Mais on peut se parler au téléphone ?

— Maintenant ? elle a fait, perturbée.

— Non, pas maintenant. Quand on ne se voit pas, je voulais dire...

— OK, elle a fait en fermant les yeux. Mais là, on pourrait arrêter de parler ?

Dieu que j'adorais cette chipie.

MALDIVES

Oh ! baby, baby
How was I supposed to know
That something wasn't right here ?
Oh ! baby, baby
I shouldn't have let you go
And now you're out of sight, yeah.

BRITNEY SPEARS, *Baby One More Time*, 1998

Chapitre 1

Les semaines qui ont suivi ont été de la félicité pure. Soyons honnêtes et sachons reconnaître le bonheur quand il est là. Et bien là. J'avais envie de voir Anna, Anna avait envie de me voir. Nous nous retrouvions tous les soirs où c'était possible. Nous faisions si souvent l'amour et avec tant d'amour que je ne me demandais même pas si nous allions continuer ainsi. Ça ne pouvait pas s'arrêter. Je bossais peu, rentrais plus tôt du travail, j'avais la tête ailleurs... Vers elle. Elle me perturbait, elle me charmait, elle me transformait.

Tous ces temps de partage m'ont permis de découvrir énormément de choses sur Anna. Qu'elle avait une voiture, par exemple. À Paris... Si si. Qu'elle se garait n'importe comment dans son quartier. Tellement n'importe comment qu'elle avait des tonnes d'amendes... qu'elle ne payait pas. « L'amnistie arrive », disait-elle. Pas la peine de s'en faire. J'ai découvert aussi qu'elle conduisait n'importe comment. En collant les voitures, en changeant de file pour un rien. En klaxonnant et en chantant. Mes découvertes ne se limitaient pas au champ de la conduite. Il y avait beaucoup d'autres dimensions. Anna avait la même vivacité que dans mon souvenir. Une gaieté toujours au bord des lèvres, des mots francs, drôles.. Elle me taquinait beaucoup. Elle marchait vite dans le métro, comptait les marches des escaliers en les gravissant (je l'avais surprise à égrener les chiffres tout doucement), buvait beaucoup de tasses de café, qu'elle abandonnait dans son appart ou dans le mien, jamais finies. C'était une bordélique qui se soignait, une dormeuse qui faisait l'effort de se réveiller tôt pour aller bosser, une fumeuse qui luttait contre son addiction.

Les seules pauses que nous nous imposions étaient les jours où je m'occupais de Malo. C'était écrit ainsi dans mon esprit et je n'avais pas changé de système. Ces soirs-là, j'allais me coucher dans un lit vide et je ne pouvais pas m'empêcher de l'appeler pour lui dire qu'elle me manquait. Il nous est arrivé de nous voir le matin, après avoir déposé Malo à l'école. J'allais chez elle, sous prétexte de vite boire un café avec elle et nous finissions par nous sauter dessus sans prendre le temps d'avaler quoi que ce soit. Elle filait ensuite à son travail à horaire fixe avec les joues roses et les cheveux pas très bien coiffés. Parfois, il m'arrivait de rester dans son lit encore chaud, pas franchement pressé d'en sortir, dans l'espoir peut-être de la voir revenir, genre : allez, zou, aujourd'hui je fais l'école buissonnière du travail. On dirait que je suis malade.

Qu'il faudrait que je reste au lit. Mais Anna ne le faisait jamais. Elle disait que j'allais me lasser si elle se donnait trop. J'en doutais. Mais je la laissais parler.

Nous avons passé un mois de novembre lumineux, en décalage avec le gris et le froid qui envahissaient Paris. Décembre a été dans les mêmes tons. Notre nouvel an passé avec ses amis s'est terminé à 6 heures du matin après qu'on a fait l'amour. Parce qu'il fallait toujours commencer l'année en faisant une belle chose, avait-elle baragouiné avant de s'endormir collée à moi. Ça m'avait sérieusement fait penser à la chanson sur laquelle nous avions dansé cette même nuit en passant le titre en boucle sans pouvoir nous en dégoûter, tellement ce son des Daft Punk était la musique parfaite pour la parfaite soirée. « *One more time one more time, I gonna celebrate, Oh yeah, all right.* » Faire l'amour. Encore une fois et encore encore une fois. Tous les jours, tout le temps. Ne pas pouvoir arrêter la fièvre. Ne pas avoir envie de le faire. J'étais en feu quand j'étais avec Anna. J'étais heureux.

Nous avons effectué nos premiers achats en euros le lendemain, tard dans l'après-midi, quand nous sommes descendus nous sustenter au désormais classique Dépanneur qui portait terriblement bien son nom ce jour-là. Et c'est là, encore un peu vaseux et en plein bad trip du trop de champagne bu la veille, qu'a germé l'idée de partir tous les deux au soleil en vacances et le plus vite possible.

Oui, nous étions terriblement conventionnels. Oui, nos grandes révoltes de jeunesse semblaient bien émoussées face à la perspective de poser nos fesses sur un transat d'une plage du bout du monde, en face d'une eau bleue à vingt-cinq degrés. Je m'en fichais. Car la perspective nouvelle d'une Anna à moitié nue vingt-quatre heures sur vingt-quatre était ma nouvelle idée de la révolution que je voulais mener. Pour la première fois dans ma vie d'adulte, je me sentais enfin le droit de réclamer le luxe, le calme et la volupté. Sans avoir le sentiment de me trahir ou d'usurper le monde.

Je n'avais jamais été un rastignac. Si j'avais de l'ambition, elle n'était pas tournée vers l'argent. Ce que je voulais c'était une vie plus grande que celle qui m'était destinée. La naïveté de mon analyse m'avait sauvé. Sans réfléchir, mais en marchant à l'instinct, à l'envie, j'avais su saisir les opportunités ou les créer.

L'idée de ces vacances au paradis a mis Anna dans tous ses états. Elle était excitée comme une puce. Elle a posé des congés, j'ai réorganisé mes projets et nous avons pu trouver la semaine parfaite. Enfin, presque parfaite. Car il fallait tout de même que j'en parle à Ellie. Ça aurait dû être une semaine Malo et je voulais en faire une semaine Anna. N'étais-je pas affreux, là, soudain ?

Devant son écran d'ordinateur et ses milliers de sites de voyage consultés en quelques jours, Anna a mis les bouchées doubles pour booker au plus vite notre voyage. Pourtant, elle a vite vu que quelque chose n'allait pas de mon côté.

— Qu'est-ce qui cloche ? elle a demandé un soir.

Je ne pouvais pas faire longtemps illusion.

— Je n'ai pas encore parlé à Ellie.

— Ellie ?

— La mère de Malo.

— Ellie ?

Je me demandais comment c'était possible. J'avais réussi à ne jamais prononcer son prénom ? C'était ça l'idée ?

— Oh mon Dieu, et en plus, elle a un prénom original, elle a marmonné.

— En plus de quoi ?

— Ben en plus d'avoir été ta femme.

J'ai éclaté de rire. Voilà. C'était sa manière à elle de me dire qu'elle tenait à moi. Au moins un peu.

— Tu pars en lune de miel ?

Ellie avait attaqué avec une ironie perfide. C'était bizarre de la sentir merdique, elle qui s'abaissait si rarement à la perfidie parce que c'était un signe de mauvaise éducation. Mais voilà, c'était le deal entre nous, en tant que parents responsables. Quand nous partions en voyage, nous parlions concrètement des endroits où nous allions et des moyens que l'autre avait de nous contacter en cas d'urgence. Alors voilà, je venais de le faire. Je venais de le faire en lui disant que je partais pour les Maldives, que ça, c'était le numéro de l'hôtel et que j'y serais du 31 janvier au 7 février.

Elle avait immédiatement trouvé ça louche. Bonne détective qu'elle était.

— Une semaine ? C'est long pour un shooting.

J'ai regardé Ellie me regarder en coin. Combien de temps avais-je espéré un regard comme celui-là ? Ellie s'intéressait et je pouvais presque deviner une forme de jalousie.

— C'est pas pour le boulot. Ce sont des vacances.

Ellie a eu un petit haussement d'épaules. Une petite façon de me dire : « Ah tant mieux, va passer des vacances de ploucs sur une île de l'océan Indien. Si cela te convient. »

— Le soleil tape dur. Fais attention à ta peau. Elle est fragile. Tu pars en lune de miel ?

— J'y vais avec quelqu'un, si c'est ce que tu veux savoir.

— Ah. OK. C'est bien. Ça me fait plaisir.

Non, Ellie, cela ne te faisait pas plaisir, mais non, Ellie, je ne voulais pas imaginer, même une microseconde que ta réaction puisse être une porte ouverte, même entrouverte, même presque fermée, à quelque chose entre toi et moi. Je ne voulais même pas songer à cette possibilité. Ça n'avait pas de sens. Ça n'avait pas de futur. Ça n'avait pas de classe. Pas ça, Ellie. Pas après tout ça.

— Si ça devient sérieux avec ce quelqu'un, il faudra qu'on parle de comment en parler à Malo.

— Ça, je sais que je ne peux pas faire pire que toi en la matière.

— Je me suis déjà excusée.

— Et si tu tues un piéton en voiture, tu t'excuses après ?

Mon Dieu, j'entendais mon père. J'entendais mon père, me répéter à moi et à mes frères, quand on s'excusait pour ci ou ça, cette phrase fatidique. Qui me faisait hurler à l'intérieur. Mais comme je trouvais ça bon, là, maintenant, de lui balancer ça. Ça faisait un bien fou et je comprenais enfin mon père comme jamais.

— Putain, tu m'énerves, Julien.

Malo a trouvé le bon moment pour arriver en courant de sa chambre en passant à toute vitesse entre nous. Il était temps de filer. D'arrêter sur ces entrefaites.

— Malo ? Viens mon fils. Viens me faire un bisou.

Avant Anna, avant la joie que j'avais à la retrouver, quand je laissais Malo à Ellie, j'avais toujours le cafard. C'était fini. Tout semblait être à la bonne place. Dans la bonne mesure. Nous étions dimanche soir, 18 heures, je déposais mon fils dans un appartement rue Bergère et j'espérais retrouver Anna aussi vite que possible pour un ciné au Max-Linder. Pour une séance de pelotage et de bisous devant une grande toile blanche. Pour un dîner grignotage devant Capital du dimanche soir. Pour une nuit de dévorage mutuel dans mon lit trop froid pendant une semaine.

— On reparlera de tout ça, une autre fois, je suis pressé, j'ai lancé à Ellie après avoir fait des gros bisous dans le cou de Malo.

Deux semaines plus tard, on partait pour notre escapade au soleil. Après ces bouts de temps en permanence volés sur la vie quotidienne, mon boulot, le sien, mon fils, et tout le reste, ce temps enfin rien qu'à nous deux fut un délice dès l'avion. Huit heures de vol à ses côtés avec cette peur qui était la sienne, mais que je savais apprivoiser. Cette envie de tout le temps la câliner et de lui parler. Ça se voyait que j'étais heureux. Ça se sentait qu'elle aussi. Elle était inconséquente, gamine, puérile, attentive, émotive. Et puis elle s'est endormie. Et j'ai pu me reposer. À ses côtés. Volant vers notre destin maldivien.

Nous sommes arrivés à destination en fin de journée. Sous ces latitudes, la nuit tombe vite et quand nous avons posé les pieds sur le ponton de bois, relié à la plage et aux installations de l'hôtel, il faisait déjà sombre autour de nous. Nous n'avons pas pu nous rendre compte de la beauté de l'endroit. Au petit matin, j'ai ouvert les yeux. Et par la fenêtre, j'ai commencé à réaliser. J'avais déjà passé du temps dans des endroits de ce genre, des belles plages, des jolis lagons. Là, c'était encore autre chose et d'un niveau au-dessus : une minuscule île, une île hôtel ; notre chambre, à vingt mètres de la plage au sable blanc ; et le bleu de la mer et le bleu du ciel, et la brise du matin et la lumière déjà haute du soleil... C'était magique.

Dans le silence du matin, j'ai enfilé un short, pris mon appareil-photo et je suis sorti, laissant derrière moi Anna qui dormait encore, mais non sans avoir pris le temps de prendre une première photo d'elle, endormie, lascive, le corps à moitié recouvert par un drap blanc et le visage caché par ses jolis cheveux. Voilà, ce serait mon premier souvenir de nos vacances. La beauté apaisée d'Anna.

À l'extérieur, j'ai été surpris par la chaleur. Déjà. Si tôt. Mes pas m'ont guidé jusqu'à la plage déserte. L'île n'était pas grande, pas large. À vue de nez, on pouvait certainement faire le tour de l'île en moins d'une heure. L'eau dans laquelle j'ai trempé les pieds m'a gentiment rafraîchi. J'ai pris une deuxième photo : mes pieds dans l'eau transparente. Puis en relevant la tête, j'ai aperçu au loin un petit bateau traverser doucement l'horizon. Des pêcheurs ? Clac. Troisième photo. En zoomant, j'ai mieux vu les hommes qui le dirigeaient. Ils étaient deux. Ils avaient la peau brunie, les cheveux lisses, noirs. Près de moi, sur la plage, j'ai aperçu un couple de touristes qui marchaient, main dans la main. Ils se dirigeaient vers le restaurant de l'hôtel, là, où nous avions dîné la veille. Ils avaient la cinquantaine et cette façon de marcher propre aux vacanciers.

— *Good morning* ! m'a lancé l'homme en passant à mon niveau.

La femme m'a souri en même temps. Américains ? Australiens ?

J'ai répondu à leur salut avec plaisir. Ici, j'allais être bien. Ici, Anna allait être heureuse. J'en étais convaincu.

Nous avons vite pris notre rythme de glande,

sur ce bout de paradis pour riches. Anna, sous cette latitude, s'émerveillait tous les jours un peu plus. Elle se réveillait souvent avant moi et trouvait mille astuces pour m'éveiller ensuite : des caresses, des bisous, du bruit, des mots. Elle ne tenait pas en place, excitée d'être ici, affamée déjà. Impatiente. Je m'en émerveillais sans difficulté, tant j'avais toujours rêvé de cette énergie-là, de cet appétit de vie.

— Tu veux qu'on aille au petit déj ?

— S'il te plaît, je crève de faim.

C'était facile de se préparer : un short de bain, un T-shirt, même pas de chaussures, on marchait tout le temps pieds nus, même pour aller au restaurant qui était de toute façon en plein air. On buvait notre café en regardant la mer.

— Hum, qu'est-ce qu'on va bien pouvoir faire aujourd'hui ? Hum... J'hésite entre rien et rien.

— Arrête ! Nager avec les poissons, ce n'est pas ma définition de « rien ».

— Ouais... C'est la définition de « presque rien. »

— Mais ça nous occupera bien jusqu'au prochain repas !

Voilà de quoi étaient ponctuées nos journées. Des repas. Des siestes sous des parasols, des bains de mer en T-shirt pour ne pas blesser trop nos peaux d'Européens. Le soir tombait vite et nous allions alors boire un cocktail en regardant le soleil se coucher puis nous retournions dans notre grande chambre pour nous reposer de n'avoir rien fait, en attendant d'aller dîner. Il nous arrivait de profiter de ce temps pour nous câliner, nous aimer, nous faire du bien. Toujours à moitié nus, nous profitions du climat pour de l'amour moite.

Un soir, Anna m'a demandé si cela me tentait d'essayer de faire de la plongée sous-marine. Elle était intriguée par les fonds marins du coin et avait envie d'être initiée à la plongée en bouteille pour en découvrir davantage. J'ai trouvé cela tentant à mon tour. Nous nous sommes inscrits à un baptême de plongée pour le lendemain.

Dans le fond, cette somme de détails qui nous mène jusqu'à un événement, nous ne la saisissons qu'après. Bien sûr. Le fait que je sois parfaitement mort le lendemain puis revenu ensuite à la vie, rien ne pouvait le laisser présager.

Chapitre 2

Y'a des trucs, comme ça, on les fait dans le mouvement. Parce que c'est le truc à faire là où on est. Mais ce que j'ai appris cette année-là sur mon île des Maldives, c'est qu'on n'était pas obligé de faire de la plongée sous-marine quand on était dans un endroit où tout le monde en faisait. Et cela vaut pour tout un tas d'autres choses comme le parapente, le saut à l'élastique ou en parachute, l'escalade, les rallyes... Dans le fond, il ne sert à rien d'être ce qu'on n'est pas. Moi, je suis un mec qui appuie sur des déclencheurs d'appareils-photo et vérifie que la lumière est bonne. Je ne suis pas trop physique, pas trop sportif, pas trop le genre à prendre des risques. Eh bien, il faut respecter sa nature. La connaître d'abord et lui faire confiance. C'est ce que mon séjour maldivien m'a appris cette année-là. Et je suis heureux d'avoir tiré cette leçon.

L'initiation à la plongée s'était déroulée le matin sans accrocs. Je n'étais pas particulièrement à l'aise dans les exercices, mais j'avais compris et pratiqué l'essentiel. Anna se débrouillait mieux que moi, sans doute plus dans son élément dans l'eau, à la base. Quand la jeune formatrice nous a dit que nous étions prêts tous les deux pour faire une sortie l'après-midi, j'ai vu les yeux d'Anna pétiller de joie. Elle était impatiente de découvrir les fonds marins au-delà de la barrière de corail. Sans compter que toute la petite communauté de plongeurs de l'île était en émoi : un requin-baleine avait été aperçu lors de la sortie plongée du matin et ils étaient tous super excités à l'idée de le voir l'après-midi.

Le groupe de plongeurs débutants que nous formions a pris le large en milieu d'après-midi. Arrivés au spot recherché, nous nous sommes équipés. Puis les uns après les autres, nous avons sauté et mes ennuis ont commencé.

Dès le départ, je ne me suis pas senti à mon aise dans l'eau. Je redoutais tout. De ne pas arriver à respirer. De trop respirer et de consommer trop vite mon oxygène. De descendre trop vite. De ne pas descendre assez vite et de perdre le groupe de plongeurs. C'était n'importe quoi. Un autre moi, un autre cerveau, avait pris possession de moi et me faisait réagir et faire tous les mauvais choix. Et puis pour finir est arrivé ce qui devait arriver. J'ai pris une mauvaise décision et j'ai enlevé de ma bouche le tendeur qui me donnait de l'oxygène sous l'eau, dans l'idée de remonter vite à la surface et d'en finir avec cette plaisanterie de sortie qui ne provoquait en moi que de l'inconfort et de la peur. Sauf que la surface, elle était beaucoup plus loin que je ne l'avais estimé. 14 mètres, cela ne se remonte pas en deux coups de palme. C'est même tout le contraire. C'est long de remonter à la surface et je n'avais plus d'oxygène dans les poumons et j'ai quand même essayé de rattraper mon tube d'oxygène, mais j'ai avalé de l'eau au lieu de respirer et la douleur dans les poumons a été tellement intense que j'en avais envie de vomir et je me sentais partir et je n'étais toujours pas à la surface. Mes dernières forces et mes derniers instants de lucidité, je les ai mis au profit des derniers mètres, puis centimètres qui me séparaient de l'air, de la vie. Ensuite, je ne me souviens plus de rien.

Plus de rien jusqu'à l'instant où, sur le pont du bateau, je me suis retrouvé en train de cracher de l'eau et encore de l'eau, avec une douleur insupportable à chaque respiration. J'avais perdu connaissance puis j'étais mort puis on m'avait massé puis j'avais recraché plein d'eau puis j'étais revenu à moi et à ma conscience. Et je n'en revenais pas. Voilà, j'avais vécu une *Near Death Experience*. Une expérience de mort imminente. Avec cette impression calme et réconfortante d'être attiré vers du doux, du chaud, du lumineux et de laisser la fatigue, la douleur. Avec cette sensation d'être aspiré vers cette impression de réconfort, de bien-être. Mais dans mon état comateux, bizarre, je m'étais dit « Oh, mince, je ne peux pas faire ça à Anna. Qu'est-ce qu'elle va dire à Malo ? Et Malo ? Qu'est-ce qu'il va penser ? » Et le bruit, et les cris, et l'extérieur sont peu à peu devenus plus forts, plus présents, plus importants. Et j'étais à nouveau là. Et le visage d'Anna défiguré par la douleur est la première image de ma vie. Et j'avais honte, et j'étais fatigué, mais j'étais là. Bien là. Et sans envie de retomber dans ce piège-là.

C'est fou, sur le certificat du médecin que je n'ai pas conservé, il y avait écrit « *The patient has drowned.* » Je m'étais noyé. Et j'étais revenu. Et j'avais eu de la chance. Les radios des poumons n'ont pas montré de problèmes. Les antibios que j'ai pris m'ont protégé des infections, et le reste des vacances, je l'ai passé à encore plus me détendre et me reposer. Pas vraiment traumatisé, ni pleinement conscient de ce qui m'était arrivé.

C'est Anna qui finalement était la plus affectée. Elle avait tout vécu. La peur de ne plus me voir à l'arrière du groupe de plongeur. La décision qu'elle avait prise de me chercher, le risque qui avait été le sien en remontant à toute vitesse à la surface pour me trouver, en train de perdre connaissance, en train de m'enfoncer dans l'eau. Elle avait crié, alerté le bateau, et des hommes avaient plongé et des bras m'avaient tiré à bord et Anna m'avait vu ces longues minutes inconscient, parti, ailleurs... mort ?

Et le pire, c'est qu'Anna était persuadée que c'est elle qui avait failli causer ma mort. Elle avait tort, complètement. Outre le fait que je n'étais pas assez formé et pas assez encadré (un moniteur pour dix plongeurs débutants, c'est juste dingue avec le recul), moi, je sais qu'au fond c'est à elle que je dois le fait d'être encore en vie. Je le dois à l'attention qu'elle avait pour moi, à l'alerte qu'elle a lancée, à ses cris, à ses pleurs qui m'ont sorti de cette zone de moi-même où j'étais mieux, où je n'étais plus fatigué, où je ne souffrais plus. Mais elle m'a fait faire le chemin inverse. Elle m'a fait revenir vers elle, à la force de sa voix, et des « Julien » qu'elle criait. Anna m'a sauvé. Son amour m'a ramené. Mais elle avait du mal à le croire.

Après une nuit passée dans un dispensaire d'une île voisine, je suis parti en hydravion à l'hôpital de Malé pour passer des examens complémentaires. Tout allait bien. J'avais récupéré. Je pouvais rentrer. Nous sommes arrivés comme des héros dans notre hôtel îlot et j'étais maintenant le Français qui avait failli y passer. Je m'en foutais. Le plus important était ailleurs. Le plus important c'était que j'étais vivant et que je pouvais continuer à vivre le reste de ma vie, en pleine conscience de la chance qui était la mienne.

Le premier matin de mon retour à la vie, je me suis réveillé en sentant son regard posé sur moi. C'est bien ce que j'avais senti : elle me veillait. Mais comme d'habitude, elle mettait un peu de distance.

— Alors, le revenant, bien dormi ?

J'ai souri pour toute réponse avant de m'approcher d'elle et de la serrer contre moi, en l'entourant de mes bras. Ainsi coincée, à ma merci, elle ne pouvait que continuer à me regarder et à m'écouter.

— Je vais très très très bien. Un peu le premier jour du reste de ma vie.

Elle a soupiré d'un air mélodramatique.

— Alors donc tu vas devenir bouddhiste ou un truc du genre ? Spirituel et tout.

— Peut-être bien. Et j'ai un scoop : tu devras me supporter heureux aussi. Parce que je suis super heureux. Avec toi. Ici. Tout le temps.

Je l'avais émue, et elle a, en signe d'acceptation, coincé son visage dans mon cou et soupiré d'aise.

— Moi aussi, elle a admis. Mais j'ai eu très peur. Très très peur.

— Je suis désolé, j'ai murmuré.

— Ce n'est pas de ta faute.

J'ai croisé son regard. Elle avait les traits un peu tirés.

— Mal dormi ?

— Un peu.

— Des cauchemars ?

— Un peu.

La veille déjà, elle m'avait expliqué que durant sa nuit au dispensaire, à mes côtés, le peu de sommeil qu'elle avait trouvé, elle l'avait passé à cauchemarder. Avec moi, en personnage principal de ses mauvais rêves.

— Ça va passer.

Elle a acquiescé. Peut-être qu'elle en savait

davantage sur les cauchemars, car finalement elle a dit :

— J'ai peur que ça dure un peu. Comme la dernière fois.

J'ai compris. Enfin. J'ai percuté. À retardement. Mon Dieu, comme je pouvais être stupide. Voilà, elle était revenue à ce stade de sa vie où elle avait perdu ses parents. Elle était dans cette reprise de quelque chose qui aurait pu y ressembler. Et elle avait peur.

— Tu as beaucoup cauchemardé à la mort de tes parents ?

Elle n'a pas répondu tout de suite. Mais ses yeux sont devenus brillants. Humides. Perdus. Je l'ai serrée plus fort et je l'ai lentement bercée dans mes bras. J'ai senti ses larmes inonder un peu mon cou où son visage était venu se réfugier et j'ai continué à la bercer, en lui caressant les cheveux sans prononcer un mot. Parce que de toute façon, je ne savais pas quoi lui dire.

Et puis au bout de quelques minutes, elle s'est mise à me parler. Tout est sorti. Et moi, j'ai écouté.

Ils s'étaient rencontrés pendant son premier épisode new-yorkais *in their early twenties*. Cette vie d'innocence amoureuse avait duré longtemps, au point de faire le maximum pour rendre possible le rêve. Anna avait fini par trouver un job là-bas, ils avaient habité ensemble, ils auraient peut-être fait plus, mais voilà, ce qui était arrivé à ses parents avait changé la donne.

Oliver était un New-Yorkais pur souche. Ses parents aussi. D'origine allemande et juive, ils habitaient encore en famille à Brooklyn quand Anna et Oliver s'étaient rencontrés. Oliver était à la fac de New York. Anna m'a montré des photos de lui. Un jeune blanc-bec, avec un physique de brindille, très sec, nerveux. Avec un regard clair et des traits sombres et beaux. Oliver avait vingt-trois années de New-Yorkais derrière lui et le rencontrer, en tomber amoureuse, faire sa vie avec lui, c'était comme s'acheter la ville en une seule fois. Anna avait aimé tout cela. Le fantasme et la réalité. Anna avait prolongé ses vacances chez Élise, trouvé un job, passé tout son temps libre avec Oliver. Le décompte était entamé. Dans quinze jours déjà, elle devait faire sa rentrée en fac.

Entre les peurs de dire ce qu'on ressent et celles de perdre ce qu'on a, ils avaient esquissé un futur à distance... qu'ils avaient tenu.

Cela avait été difficile. Parfois douloureux. Mais la distance n'avait pas eu le mot de la fin de leur relation. Deux années passées à économiser de l'argent pour traverser l'Atlantique aussi souvent que possible ou financer des notes de téléphone bien trop élevées. Mais Anna avait des ailes et cette histoire était forte. À vingt-trois ans, trois ans après leur premier baiser, Anna avait débarqué pour un séjour d'une durée indéterminée. Elle avait réussi à se faire embaucher par une société française à New York, elle avait un visa de travail et son rêve amoureux pouvait prendre son envol.

En trois ans, Oliver était devenu un employé successful d'une première start-up à succès. Une boîte nommée Google, qui venait de démarrer. Ils avaient loué un appart presque chic et sûrement trop cher, mais Oliver gagnait bien sa vie. Le rêve était joli.

Oliver, ses parents, sa famille, ils avaient été formidables. Au milieu de cette horreur, ils avaient tout entrepris pour l'aider. Ce dont elle se souvient est flou. Les deux, trois premiers jours, elle était restée prostrée. D'un côté, sa sœur, à distance, ne faisait que l'appeler. De l'autre, elle ne savait rien dire et sentait peser sur elle une responsabilité qu'elle ne savait pas assumer. Et puis elle n'y croyait pas encore. Elle attendait toujours la nouvelle que oui, il y avait des survivants. Que oui, s'il n'y en avait que deux, ce seraient ses parents. Avec le recul, elle sait aujourd'hui que c'était irrationnel et que c'était sans doute ce que toutes les familles des victimes avaient ressenti. Mais oui, voilà, l'avion s'était désintégré en millions de débris et, elle l'a lu plus tard, ils avaient mis plus d'un an à récupérer 98 % de l'appareil éparpillé dans l'océan. Quel espoir de retrouver un survivant vivant face à ces chiffres et ces faits ?

Le troisième jour, Marie était arrivée à New York et tous ensemble, avec Oliver, ses parents, ils avaient pris un avion jusqu'à Halifax, Nouvelle-Écosse, Canada. C'était là-bas, à 1 km des côtes de ces terres que l'avion s'était crashé et c'était là-bas que des familles de toute l'Amérique et du monde entier avaient convergé, en même temps qu'une foule de médias et d'officiels canadiens, américains, suisses. Il lui avait semblé, les jours qui avaient suivi, que le centre du monde était à Halifax, proche de l'impact d'un avion dans l'océan. C'était dans un hôtel réservé par la compagnie aérienne qu'Anna avait commencé alors à faire ce qu'elle avait fait ensuite pendant des mois : dormir. Presque nuit et jour.

— Plus tard, j'ai essayé de comprendre ce qu'il s'était passé. J'ai fait des recherches sur le deuil et tout cela et j'ai appris par exemple que parfois, quand le choc psychologique est trop violent pour une personne, le corps peut décider seul de protéger la personne de cette violence. Le mien a en quelque sorte pris le contrôle en décidant de se mettre en veille.

Oliver avait été formidable. Désemparé, triste, mais présent. Un roc d'amour. Oui, mais parfois, même l'amour ne suffit pas et la fin de leur histoire avait été un autre dommage de cet accident. Quatre mois après le décès de ses parents, Anna était rentrée en France, incapable de continuer sa vie comme si. Oliver, impuissant, avait vu Anna se désagréger, dans l'impossibilité de reprendre quelque chose, après le jour où elle s'était arrêtée. Incapable de retourner travailler, incapable de se lever le matin, incapable de ne pas pleurer, le visage écrasé dans une serviette-éponge pour ne pas faire de bruit.

Un jour, Oliver avait dit stop. Un jour, il avait

appelé Marie. Un jour, il avait expliqué qu'il ne pouvait plus vivre ainsi, auprès de quelqu'un qui n'était plus vivant.

— Je crois qu'Oliver espérait que ma douleur passe plus vite. Un peu comme une grippe. Je n'étais pas assez efficace. Et cela m'a mis un schéma dans la tête : être faible, c'est prendre le risque d'être abandonnée.

— C'est dégueulasse, j'ai dit, sans pouvoir ne pas juger.

— Oui. J'ai trouvé aussi.

Anna s'était sentie comme un objet cassé qu'Oliver avait mis aux encombrants.

— Je ne sais pas comment les choses auraient pu tourner entre nous. On n'a pas eu l'occasion de le découvrir. Oliver a fait ce qu'il a pu, mais j'imagine que c'était beaucoup à supporter. Trop lourd. On était des gosses et même si on avait eu plus de bouteille, on n'aurait pas forcément fait mieux.

Mais d'une certaine manière, c'était aussi grâce à cet autre choc qu'Anna avait réussi à avancer à nouveau. Marie était venue la récupérer, avait organisé son déménagement de New York et, toutes les deux, elles s'étaient retrouvées et avaient vécu ensemble pendant presque un an. À la croisée des chemins, face à ce chagrin d'amour, Anna avait su réinvestir la vie. Doucement. Mais assurément. Et elle était maintenant là. Face à moi.

— Je ne crois plus à ces conneries : la douleur qui ne tue pas, qui rend plus fort... Je suis plus fragile qu'avant. Je le sais. Mon corps le sait. Mais je suis plus humble aussi. Peut-être un peu meilleure même. Mais je dis bien peut-être, hein !

D'une manière différente, ce qu'Anna exprimait, je l'avais moi aussi ressenti quand ma vie de famille était tombée dans un puits. Loin de me rendre plus dur à cuire, cela avait affiné ma peau qui s'était aussi marquée de toutes les cicatrices de mes blessures passées. Je ne me sentais pas plus fort. Je me sentais peut-être plus lucide et plus attentif. Mais certainement pas plus fort. Nous avions moins d'innocence en nous.

Un jour, vous vivez un moment où l'innocence s'envole pour toujours et il faut alors commencer le reste de votre vie sans elle. Elle vous a longtemps accompagné. Même quand vous pensiez être le plus cynique des mecs, le plus salaud parfois. Vous ne saviez pas qu'elle était là. Vous avanciez dans votre vie avec ce je-ne-sais-quoi de tendre en vous. De naïf, toujours. Et puis un jour, boum. L'innocence est partie. Sans retour. Et son absence vous bouffe. Vous le découvrez le jour où vous ne l'avez plus.

— Et ce qui t'est arrivé me fait peur parce que je vois bien dans quel endroit de ma vie ça me ramène. J'ai peur que cela recommence.

Depuis la mort de ses parents, m'a-t-elle expliqué, elle divisait les années en trois périodes. La première année où elle avait sombré. Corps et âme. Une année de sombre, de peur, de traitement antidépresseur, de rendez-vous chez un psy, de lentes remontées pour des chutes vertigineuses vers la détresse. Et puis un jour, elle s'était sentie mieux, elle avait repris corps et la deuxième partie a commencé. Elle avait trouvé un nouveau travail, elle avait quitté l'appartement de sa sœur, elle avait utilisé l'argent de ses parents pour s'acheter son petit appartement, elle avait recommencé à vivre. Prudemment, mais sûrement, étonnée elle-même de cet avant-après. Quand elle était au fond de son trou, au bout de son tunnel, elle n'avait jamais pu concevoir d'en ressortir ainsi. Mais c'était arrivé, elle se sentait mieux. Elle avançait, dans une nouvelle vie qui se bâtissait sur de nouvelles fondations, plus récentes, peut-être moins fortes, mais ce n'était pas rien. Et puis la troisième période avait commencé avec moi, six mois plus tôt. Où, en plus de vivre, elle s'était mise à ressentir. Des trucs. Pour moi. Et j'étais là, en face d'elle, à faire face à ses mots, ses confidences, et mon cœur grossissait à mesure qu'elle me nourrissait de son amour, sans jamais prononcer de mots d'amour.

— Et après ce qui t'est arrivé...

— Après ce qui nous est arrivé, j'ai tenu à préciser, tant elle avait été au cœur de tout.

— Oui... Après ça, je suis bouffée par l'angoisse de replonger.

— De replonger où ?

— De retrouver la personne que j'étais quand je n'étais plus rien.

— Celle de la première année ?

— Oui.

— Elle était comment, cette personne ?

— Elle... Elle n'avait pas envie de se lever le matin, elle avait un brouillard dans le cerveau, un brouillard humide parce qu'elle pleurait aussi beaucoup. Elle faisait des cauchemars... ou parfois des jolis rêves, mais c'est la réalité, au réveil, qui était cauchemardesque. Elle n'avançait plus, elle était comme arrêtée.

— Je comprends, j'ai dit, c'est le réflexe de ton cerveau qui se souvient et dit « Zone rouge, alerte. »

— Et je lui réponds quoi, à mon cerveau ? elle a demandé en souriant à moitié de ma petite blague.

— D'aller se faire foutre parce qu'en fait, ça n'a juste rien à voir avec l'autre fois. On est là, tous les deux, ensemble et on va bien.

— Et s'il ne veut rien entendre ? elle a insisté.

J'ai senti qu'elle ne rigolait pas. Qu'elle était dans la peur de sa peur, dans sa détresse et j'avoue qu'elle m'a un peu fait peur à ce moment-là. Mais au fond de moi, j'étais prêt à tout. Prêt à ce combat-là. Ça ne me faisait pas si peur que cela.

— Eh bien je te borderai quand tu ne voudras que dormir, je t'apporterai des mouchoirs quand tu ne voudras que pleurer, je resterai là à attendre que tu te sentes mieux...

Anna a souri et elle a fondu sur mes lèvres puis elle s'est extraite de mes bras, du lit, et a décrété qu'elle crevait de faim. Qu'elle avait besoin d'un énorme café aussi et qu'elle filait prendre une petite douche avant d'aller au petit déjeuner. Et moi, je la regardais s'agiter sans pouvoir arrêter d'avoir ce sourire stupide aux lèvres qui me donnait l'air si con, j'en étais sûr. Mais qu'importe.

PARIS

*It's been seven hours and fifteen days
Since you took your love away
I go out every night and sleep all day
Since you took your love away.*

PRINCE, *Nothing Compares To U*, 1984

Chapitre 1

Notre voyage retour s'est déroulé sans accrocs. Pour la première fois depuis que nous prenions l'avion ensemble (et c'était mine de rien la troisième fois déjà), Anna semblait très calme et s'était endormie sans difficulté, à mesure que notre vol progressait dans la nuit au-dessus de l'océan Indien. C'est plutôt moi qui appréhendais notre retour à Paris. Moi, qui stressais. Nous avions passé sept jours d'affilée, non-stop ensemble et je redoutais le retour à la réalité que notre mode de vie allait nous imposer. Non, je ne le redoutais pas. Je n'en avais pas envie. C'est tout. Je ne voulais pas qu'on se quitte, je voulais qu'on se retrouve tous les soirs, qu'on fasse l'amour toutes les nuits. Je voulais qu'on se croise dans la salle de bains le matin. Je voulais vivre ma vie avec elle. Et surtout, je ne voulais pas d'une arrivée glauque à Roissy où chacun repart vers son chez-soi. Cette scène me terrorisait.

Quand elle s'est réveillée, il nous restait encore deux bonnes heures de vol. Je me suis dit en la regardant faire ses étirements de chat et ses mines de gamine que c'étaient deux heures que je pouvais employer à lui parler de la suite. Mais je n'étais pas un romantique. Je ne savais pas trop comment m'y prendre. Et j'ai fait et dit n'importe quoi.

— Je voudrais faire un enfant avec toi.

C'était sorti tout seul. Comme une évidence. Je voulais m'attacher cette personne, qu'elle devienne pour toujours ma famille. Je voulais un enfant dont elle serait la maman. Je voulais et j'avais parlé à haute voix.

Elle est restée bouche bée. Puis elle a fini par articuler ça :

— Tu meurs et maintenant tu veux un bébé. Y'a un lien ?

— Je suis revivant et t'en penses quoi ?

— Je n'arrive pas à penser. Je suis scotchée.

— Par quoi ?

Elle s'est redressée sur son siège et s'est tournée vers moi. Silencieuse. Trop silencieuse. Puis soudain, elle a demandé :

— Ça veut dire que tu m'aimes ?

J'ai plongé dans ses yeux et oui, je les voyais briller d'étonnement. Quoi ? Elle ne le savait pas ? Elle ne le voyait pas ? Oui, je l'aimais. Et pourtant ça m'était difficile de le lui dire, même là, maintenant.

— Bien sûr. Je pensais que tu le savais.

Ma réponse en murmure a illuminé son visage.

— Tu ne me l'as jamais dit.

— Toi non plus.

— Tu plaisantes ? elle s'est révoltée.

Mais j'étais sûr de ça aussi. Ni à l'époque de nos amours adolescentes, ni depuis qu'on s'était retrouvés... Même si selon toute probabilité on l'avait toujours ressenti.

— Je t'aime, j'ai dit en approchant mon visage tout près du sien.

Elle a pris mes joues dans ses mains et m'a attiré contre elle.

— J'ai bien entendu ?

— Je t'aimais, je t'aime et je t'aimerai, j'ai plagié en passant ma main dans ses cheveux fous.

— Et tu prétends me faire un enfant, elle a chuchoté à mon oreille. Tu es quand même un grand malade, toi.

— Pourquoi pas ?

— Ça ne fait quand même pas longtemps qu'on est ensemble.

— Ça fait quinze ans que je te connais, Anna, j'ai tenu à reposer bien clairement. Et je ne suis pas un perdreau de l'année. J'ai déjà un fils et un divorce à mon compteur. Alors je sais où je mets les pieds.

Voilà, j'avais capté son attention pour de vrai et plus je lui parlais, plus je prenais conscience de ce que je disais et voulais. Oui, j'étais sérieux. Oui, je voulais être cet homme-là, celui qui avait la chance et le bonheur de vivre à ses côtés.

— Je vais réfléchir, elle a fini par dire. Pour le bébé et tout ça.

J'ai esquissé un sourire. Pour une fille qui ne

disait que rarement les sentiments qui l'animaient, c'était un sacré bond en avant.

— Arrête, elle a dit tout de suite en me voyant sourire, j'ai dit « réfléchir ».

Je continuais à sourire de toutes mes dents et de tous mes yeux et tandis que je m'approchais pour l'embrasser, elle a ajouté :

— Moi aussi, je t'aime.

Le service du petit déjeuner a commencé et, avec un peu de caféine dans le sang, il m'a semblé qu'elle prenait conscience peu à peu de ce que je venais de lui demander. Elle a souri en sirotant son café filtre puis a dit :

— Tu sais que d'habitude ce n'est pas comme ça que les choses se passent.

— Explique-moi le protocole habituel.

— Ben les gens commencent par vivre ensemble histoire de vérifier si l'amour tient en dépit du quotidien qui tue tout, et ensuite ils prennent des décisions comme celle-là.

— Oui je vois. Tu veux qu'on habite ensemble ?

— Tu en dis quoi ?

— Les choses sont assez claires pour moi : faire un bébé implique pour moi qu'on soit tous les deux ensemble sous le même toit pour l'élever.

— Donc ça veut dire ?

— Oui, ça veut dire oui, bourrique ! À notre retour en France, j'aimerais qu'on s'installe ensemble.

— Ben voilà ! Un peu de normal ! D'explicite !

— Ça veut dire quoi ?

— Ça veut dire que tu viens de Mars et moi

de Vénus. Je veux des mots, toi tu me proposes des actes.

— C'est bien aussi, non ?

Je l'ai regardée avec mes yeux de séducteur et de petit garçon repentant...

— Oui, tu le sais que tu as tout bon !

J'avais tout bon. J'avais la baraka, j'avais la patate, tout roulait, tout était pratiquement parfait. Ma mort incluse, qui m'ouvrait encore davantage les yeux sur la vie que je voulais avoir à ses côtés.

Mais tout mon émerveillement ne me permettait pas de voir clair en elle et dans les failles de son système.

Le lendemain de notre retour était un dimanche et nous l'avons passé chez moi au ralenti.

Le teint doré avait fait naître quelques taches de rousseur sur ses joues et son nez et elle avait les cheveux comme encore gorgés de sel et de soleil. Mutine, agile, je la voyais déployer ses charmes en petite culotte, T-shirt court et croupe cambrée, tandis qu'elle se réinstallait lascivement dans mon canapé avec une tasse de thé. Anna allait mieux, elle avait passé une bonne nuit. On s'était réveillés dans les bras l'un de l'autre et on avait commencé notre journée en faisant l'amour.

Et puis sur ce canapé, sans quitter des yeux mon mur d'images en face d'elle, elle a dit :

— Tu crois que je pourrais rencontrer Malo ?

— Sérieux ?

— Oui. Je n'osais pas t'en parler, j'espérais que tu le ferais, mais voilà c'est dit.

— Si tu savais comme j'en ai envie de vous mettre tous les deux dans la même pièce et de voir l'effet que ça fait !

— Arrête, c'est sérieux. Ce n'est pas rien.

— Je sais. Mais tu vois, le truc, c'est que c'est de l'amour, tout ça. Alors, ça va marcher.

— Je n'en sais rien. Je n'ai pas l'habitude des enfants. Je suis maladroite. Je ne sais pas comment les porter, leur parler.

— Malo n'est plus un bébé. Ce sera facile.

— Ça m'angoisse, les enfants. Ils savent tout. Ils savent nous juger, nous jauger. Et puis je ne sais pas ce que ça mange, à quoi ça joue...

— Anna... Ça ira. On va y réfléchir et puis on va le faire. Et je te ferai des petites fiches bristol de mode d'emploi pour t'expliquer comment ça marche, un Malo...

— Ça ne t'angoisse pas, toi, que je le connaisse ?

— Non, Anna. C'est même le contraire. Je suis hyper optimiste.

— Mais quand es-tu devenu ce nouveau Julien optimiste de la vie ?

— Quand il est arrivé. Quand Malo est né. Non, même avant. Quand l'idée même de Malo a émergé. Faire un enfant, c'est un acte insensé et optimiste en même temps. Tu as peur de quoi ?

— Qu'il ne m'aime pas.

— Il t'aimera.

— Comment tu sais ça ?

— Il t'aimera. Peut-être pas tout de suite. Peut-être pas comme tu crois. Mais ça le fera.

— Et si moi, je ne l'aime pas ? Je sais que je suis dingue de te dire ça, ne le prends pas mal... Mais mettons que je l'aime, mais pas pour les bonnes raisons. Que je l'aime pour toi.

— Si tu fais semblant ?

— Ouais. Par exemple.

— Eh bien on ne restera pas ensemble.

— Non... Tu rigoles ?

— Je rigole, je ne rigole pas. Je n'en sais rien en fait. Et attention, je ne te dis pas que ce sont des mauvaises questions. Mais on ne va pas mettre la charrue avant les bœufs. On va laisser les trucs se faire.

— OK...

— Tu as envie de le connaître. J'ai envie que tu le connaisses. On commence sur ce postulat qui me semble être une putain de bonne base et on avise au fur et à mesure.

— Tu es vraiment devenu un grand sage.

— Ce n'est pas ça... Je n'aime plus me prendre la tête.

Anna a détourné son regard vers le mur d'images, gardant le silence trop longtemps à mon goût. Mais finalement, ses yeux sont de nouveau venus se fixer sur moi tandis qu'elle disait :

— Je voudrais arriver à ça, moi aussi.

— Sage, tu deviendras, petit scarabée.

— Tu fais du yoga ? Tu médites ?

Évidemment, je les aimais tous les deux d'une

manière indéfinissable et au point de ne pas douter une seule seconde que cela puisse fonctionner, rien que sur la base de mon amour à moi. Peut-être étais-je aveuglé par mon élan amoureux et mon optimisme béat ? Mais elle était fidèle à elle-même, capable de mettre des mots sur le tabou ultime : allaient-ils s'aimer ?

Bien sûr, elle avait raison de vouloir être prudente. Et moi, maintenant, concrètement, je me demandais comment il allait falloir que je joue cette nouvelle donne. Ellie n'avait pas eu énormément de classe sur ce sujet. Je me souviens qu'un an après notre séparation, elle m'avait mis devant le fait accompli. Un matin, j'étais venu chercher Malo dans l'appartement de la rue Bergère et un homme prenait le petit déjeuner en famille. Avec MA famille à moi, il y avait à peine douze mois. J'avais essayé de contenir toute ma colère pour ne pas faire peur à Malo. J'avais essayé, mais pas réussi. Et ma rage avait été telle que Ellie n'avait pas eu d'autre solution que de me foutre à la porte, sans que je puisse emmener finalement Malo avec moi pour le week-end. Je crois qu'elle avait eu raison. C'était atroce, mais elle avait bien fait. Et plus tard, elle s'était excusée. Et puis encore plus tard, on avait arrêté de se comporter comme des animaux, elle et moi. Et j'avais accepté qu'un nouvel homme entre dans la vie de mon fils. Pas le Dom Juan du petit déjeuner de cette fois-là qui n'était pas resté longtemps dans les parages. Non. Un an plus tôt, Ellie avait commencé à fréquenter un autre mec. Et avant d'avoir l'envie et l'idée de le présenter à Malo, elle était venue me parler. On avait progressé. Un peu.

Alors voilà, c'était mon tour d'y penser. C'était mon tour et je savais bien qu'il allait falloir que j'y réfléchisse et que j'agisse et pas derrière son dos. Et si Malo ne l'aimait pas ? Et si je demandais à mon garçon un truc pas possible ? Une femme dans notre vie de mecs. Une Anna, malhabile, maladroite, si peu entraînée... Mais si volontaire cependant. Je l'avais trouvée touchante, dans ses états d'âme. J'avais aimé cette sincérité.

Avec le recul, les choses auraient pu mieux se passer. Mais avec le recul, je ne suis pas super étonné non plus. Ellie a débarqué un soir avec Malo par la main, en me demandant si, oui, exceptionnellement, je pouvais m'en occuper là maintenant parce qu'elle avait un super truc hyper important à faire et que les choses s'étaient mal goupillées avec la baby-sitter. Alors s'il te plaît, cela ne te dérange pas ?

Et nous nous étions retrouvés à parlementer sur le pas de la porte, tandis que Malo fonçait dans le salon et se retrouvait nez à nez avec Anna sur le canapé. L'un dans l'autre, c'est surtout Ellie et Anna qui étaient super gênées. Parce que Malo a fait comme d'habitude, tranquille chez lui, chez moi. Il a dit « Salut », il s'est déchaussé, a foncé dans sa chambre checker s'il n'y avait pas des choses nouvelles (un rituel de son retour chez moi, chaque fois), est revenu avec une boîte de Lego Star Wars et a lancé à la volée en repassant près de moi et Ellie qui finissions nos échanges houleux :

— Génial ! Merci, papa ! J'adore !

Et il s'est installé sur le tapis du salon, pratiquement aux pieds d'Anna, et a commencé à déballer sa boîte de Lego, sans plus que rien au monde ne le dérange.

Ellie est rentrée dans le salon pour embrasser Malo.

— Bonjour. Moi, c'est Ellie.

Anna a tendu la main. Elles se sont saluées.

— Anna, a dit sobrement ma timide sauvage.

Mais je savais que le timide pouvait passer pour du froid. Je le voyais aux yeux d'Ellie. Agacée. Tant pis.

— Bon, j'y vais. Au revoir mon cœur.

Quand Ellie a été partie, j'ai regardé Anna, vaguement inquiet. Elle n'avait pas bougé et regardait Malo jouer sur le tapis. Je me suis assis à ses côtés.

— Bon ben voilà, les présentations sont faites, j'ai dit en grimaçant.

Anna a fait la moue à son tour. Puis elle s'est approchée de mon oreille.

— Il est très mignon, elle a chuchoté.

— Oui, je lui ai répondu sur le même ton. Mais tu peux le dire plus fort.

— Il va m'entendre.

— C'est pas grave.

— Vous avez des secrets ? a demandé Malo.

Nous nous sommes tournés vers lui, surpris. Il nous regardait fixement.

— Ben non, j'ai répondu.

— Pourquoi vous ne parlez pas fort ?

— T'inquiète, Malo... C'est Anna, tu lui fais peur.

Anna m'a foudroyé du regard. Malo a eu l'air surpris.

— Pourquoi je te fais peur ?

— Julien, t'es vraiment con ! elle a juré.

— Oh ! papa, elle a dit un gros mot, Malo a lancé, tout excité.

Anna est devenue rouge comme une pivoine tandis que je me mettais à rire.

— Oh ! bordel, arrête, Julien, aide-moi !

— Plus de gros mots ? j'ai demandé.

— Tu vois, je suis naze.

— Pourquoi tu as peur ? a redemandé Malo, sans perdre de vue sa question initiale.

Anna a soupiré d'abord puis elle a regardé Malo dans les yeux.

— Je suis impressionnée de te rencontrer. Ton papa me parle de toi depuis longtemps.

Malo a paru trouver la réponse adéquate. Il s'est intéressé à ses Lego puis finalement, il a dit :

— Je pense que c'est toi qui as acheté les Lego. Merci.

Et il est retourné à ses montages, tranquille. Anna est restée muette. Ses yeux si clairs brillaient comme rarement. Elle était heureuse. Je l'étais également.

Plus tard, ce premier soir, j'ai vraiment craint qu'elle ne se barre en courant à la première occasion. Malo avait vraiment été *pain in the ass*, refusant tout un tas de trucs que d'habitude il acceptait sans rechigner vraiment. Comme manger, comme se laver les dents, comme m'aider à ranger son bazar, comme se coucher, comme rester dans son lit une fois couché, comme s'endormir dans son lit (et pas dans le mien comme cela arrivait parfois). Bref, un vrai enfer. Plutôt la vie classique de parents. Mais j'étais quand même terrifié que cela ne fasse peur à Anna pour de bon. Or en fait, ce soir-là, quand on a été tous les deux un peu au calme, dans la chambre, c'est elle qui m'a remonté le moral. Elle était beaucoup plus zen que je ne l'avais redouté, après cette soirée à gérer un gnome de cinq ans très chiant.

— Ah tiens, t'es encore là ? j'ai demandé.

— Ben oui.

— Non parce qu'après le cinéma de ce soir, je me demandais...

— En fait, il me fait assez marrer, ton fils.

— Eh bien tu es la seule, parce que là, excuse-moi de pas être politiquement correct, j'ai juste envie de le baffer.

— C'est assez drôle de voir que quelqu'un peut avoir de l'ascendant sur toi.

— Pardon ?

— Malo...

— Oui...

— C'est un mini toi. Mais c'est lui qui fait sa loi !

— Et ça te fait rire !

— Oh ! oui. Ça me plaît carrément.

Anna se faisait une piètre opinion de moi. J'étais un peu hautain à ses yeux. Un peu le chef tout le temps. Moi, je ne me sentais pas vraiment à la hauteur dans le rôle du mâle alpha. Mais il faut croire qu'il y avait une différence entre ce que je ressentais et ce que je projetais. Bien sûr l'idée qu'elle puisse voir en Malo du moi tout craché, cela faisait craquer mon cœur de papa. J'étais attendri. Comme à chaque fois que je me faisais la réflexion que Malo me rendait triste quand il n'était pas avec moi, mais souvent dingue quand il était là. Toujours ce dilemme permanent que les enfants semblaient provoquer chez tous les adultes sains d'esprit que je connaissais.

— Alors ? je n'ai pas pu m'empêcher de demander.

— Alors quoi ?

— Qu'est-ce que tu en penses ? De t'occuper d'un enfant ? De Malo ?

Anna s'est enfoncée dans les oreillers avec un petit air satisfait. Elle semblait heureuse de mes mots.

— Tu stresses en fait, elle a dit.

— Comment ça ?

— C'est amusant parce que moi je flippe

complètement à l'idée de pas avoir mon brevet de future belle-mère. Mais toi tu flippes tout autant à l'idée que je puisse ne pas avoir envie de l'avoir, ce brevet. C'est ça ?

— C'est bien ça.

— Et si on laissait les choses se faire ?

Je lui ai trouvé du bon sens. Laisser faire, voir venir. Et demain serait un nouveau jour. Et après-demain, une autre occasion d'apprendre à vivre tous les trois. Je pouvais faire pause pour ce soir et m'intéresser à autre chose. Par exemple, cette façon tendre et sexy en même temps qu'Anna avait de glisser ses jambes jusqu'à moi sous la couette. Je me suis rapproché d'elle et me suis collé en cuillère contre elle. Bien chaud et bien excité déjà, rien qu'à la perspective de son désir à elle.

— Ce n'est pas un mannequin ?

Anna avait parlé, sans prêter attention à mon approche pourtant peu subtile. J'ai arrêté de la caresser et j'ai demandé.

— De qui tu parles ?

— Ellie. Ton ex. Je m'attendais à une grande blonde, aux yeux, à la bouche et aux jambes immenses.

— Oh non.

— Ben oui, j'ai vu. C'est une toute petite chose. Fragile.

— Et forte.

— Ouais ?

— Très très forte.

— Trop ?

— Dure. Trop dure.

Anna est restée silencieuse quelques secondes, les yeux ailleurs, immobiles. J'ai repris mes douces caresses, laissant ses jambes pour me concentrer sur son dos, son ventre, sa poitrine.

— Je sais que je ne devrais pas te dire ça, mais j'ai le sentiment de passer après tout. Après le grand amour, le grand mariage, la grande famille...

— Comme si t'avais que les restes ?

— Un peu ça.

— Arrête, déconne pas, je ne suis pas un reste !

— Pardon, c'est maladroit. Tu vois l'idée quand même ?

— OK, tu arrives après pas mal d'échecs. Je comprends que cela puisse t'effrayer. Mais toi aussi, tu as eu tes trucs, tes erreurs dont, entre nous, je n'ai pas trop envie de parler. Et ça dit quoi de nous maintenant ? Ça ne nous définit pas si on ne le veut pas.

— Oui. Je dois arrêter d'over réacter.

— Tu es jalouse peut-être.

— Haha n'importe quoi !

— Même pas un peu ?

— Tu me soûles.

— Anna, tu es ma première et ma dernière. Tout le reste, tous ces trucs au milieu, c'était pour attendre.

— Oh le beau parleur...

— Ma première, ma dernière, j'ai encore dit, à son oreille cette fois.

— Arrête, ça me chatouille.

— C'est pour être sûr que ça rentre, ma première, ma dernière, ma première, ma dernière, première, dernière...

Depuis qu'on s'était dit qu'on s'aimait, depuis qu'on s'était dit qu'on voulait un jour avoir un enfant ensemble, depuis ces mots libérateurs pour moi, je n'avais plus de difficultés à parler et à lui offrir de nouveaux mots d'amour. J'aimais même cela. Lui murmurer « ma première, ma dernière », c'était pour de vrai que je lui disais. Parce que j'étais cet homme enivré de sentiments amoureux complètement assumés. Enfin. Il m'avait fallu tout ce temps, toutes ces années, trente-trois au total, pour me sentir enfin bien avec l'idée d'être auprès d'une femme pour toujours et plus encore.

Chapitre 2

Anna s'est installée rue des Jeûneurs et on a vécu les premières alternances avec ou sans Malo à la maison. Les premiers moments aussi de tête-à-tête Anna-Malo. Cela se passait bien. Normalement. La discussion que nous avions eue quelque temps plus tôt sur l'amour qui pourrait exister entre eux deux me revenait parfois, et ce n'était même plus une question. Ils étaient mon tout et, en cela, étaient unis aussi.

Ce qui est bien quand on a été si malheureux en amour (et j'avais le sentiment que c'était mon cas), c'est qu'après cela, je n'avais plus peur de rien. C'est paradoxal. Il paraît que plein de gens, craignant de souffrir à nouveau, ont du mal à s'ouvrir à nouveau. Moi, j'avais l'impression que rien ne pouvait me faire autant souffrir. Que j'étais passé par le pire. Quel crétin. Évidemment. Je me voyais en sage et revenu de tout. Je n'étais encore qu'un gamin.

Avec Ellie, les premières grosses disputes étaient arrivées à cause de Malo. Parce qu'on n'était pas d'accord, parce qu'on était fatigués, parce qu'on ne se faisait pas toujours confiance et finalement, avec Anna, c'est aussi ce qui a fini par se produire. Fatalement. Sauf qu'on n'était pas à égalité, elle et moi, sur la question, et que cela a bien compliqué la donne. Il faut dire aussi que j'ai manqué de jugeote. Je savais pourtant bien qu'elle n'avait pas hyper confiance en elle-même sur ses qualités potentielles de belle-mère, mais dans l'énervement du moment, comme tout parent fatigué, je n'ai pas contrôlé mes mots. Et cela a craqué.

Ce jour-là, Malo avait été raisonnablement infernal depuis son retour de l'école. Il était à la maison depuis le début de la semaine, et je le soupçonnais de commencer à trouver le temps long, loin de sa maman. C'était OK, je pouvais le comprendre même si cela me faisait mal. Mais je n'avais pas toujours la patience nécessaire dans ces cas-là. Et Anna est arrivée comme un chien dans un jeu de quilles, au milieu de notre cérémonial du coucher. Elle s'est excusée de rentrer tard, mais en ce moment, elle était souvent obligée de faire des prolongations. Malo a profité de son arrivée pour se lever pour la énième fois de son lit et sortir de sa chambre alors qu'il était déjà plus de 21 h 30, au prétexte de l'embrasser. Je crois qu'Anna était touchée de sa démonstration d'affection. Moi je n'y voyais qu'une façon de plus d'en profiter.

— Malo ! Tu arrêtes de te foutre de ma tronche et tu retournes te coucher !

Anna a eu la remarque malheureuse.

— Allez, c'est juste un dernier bisou !

Je l'ai foudroyée du regard. Énervé qu'elle ne comprenne pas qu'un gamin comme Malo ne permettait pas une seule dissonance, une seule incohérence entre deux adultes. Énervé qu'elle n'ait pas suffisamment d'expérience pour le savoir. Énervé de m'être tapé tout le boulot difficile et qu'elle, tel un papa des années cinquante, n'ait que les bons côtés de la paternité avec le petit bisou du soir. Bref, le père célibataire que j'étais était très fatigué ce soir-là et c'est sorti :

— Écoute, Anna, quand je voudrai ton avis, je te le demanderai.

Au moment même où les mots sortaient de ma bouche, je voulais les reprendre, les ravaler. Je pouvais être ce connard, des fois. Ce mec odieux qui perd patience et ses nerfs en même temps. Et s'en voulait immédiatement après. J'étais un vrai con.

— OK, OK, a dit Anna, sans montrer plus d'énervement que cela.

Elle a laissé Malo filer de ses bras et est partie dans la chambre. Et moi, j'ai prié pour que les excuses que j'allais lui faire suffisent à effacer ma connerie.

Je suis entré dans la chambre dès que Malo, dans l'autre pièce, se fut calmé. Elle était déjà installée dans le lit, un bouquin dans les mains.

— Tu ne veux pas manger ? j'ai demandé en la découvrant couchée.

— Non. J'ai plus faim.

Je me suis assis sur le bord du lit, de son côté. Je ne savais pas trop quoi dire. J'étais piteux. Il fallait que je dise pardon. Il fallait que je prononce ces simples mots d'excuse. Mais j'étais nul en excuses. Je le savais. Et puis en fait, elle ne m'a juste pas laissé le choix ni le temps. Elle a posé son livre sur ses genoux puis elle a dit :

— Écoute, je vais te dire les choses crûment, Julien. Je n'ai plus quatorze ans, des séducteurs dans ton genre, j'en ai vu passer. Et en plus, l'amour, en ce moment, ce n'est pas mon sujet.

Je suis resté bouche bée un certain nombre de secondes. Je ne m'étais tellement pas attendu à ça.

— Mais de quoi tu parles ? Et je peux savoir ce que cela veut dire ton « l'amour c'est pas mon sujet » ?

Anna s'est tordu les lèvres et a laissé ses yeux s'échapper vers la fenêtre.

— Je ne sais pas trop, c'est une façon de parler.

— Une façon de parler de quoi ?

— Putain, Julien, oublie ça.

— Alors, je ne risque pas de laisser tomber parce qu'en fait, j'en ai marre de ramer avec toi. À essayer de comprendre ce que tu as dans le cerveau. Alors pour une fois que tu lâches un truc, je ne vais pas te lâcher, moi ! Parce qu'au moins, là, tu me parles et je préfère ça à tes silences, à tes « hum hum » dont je ne sais pas si c'est oui ou si c'est non. Tu sais que tu me rends dingue quand tu fais « hum hum » ?

C'est vrai qu'elle me rendait dingue. Je venais

de m'en rendre compte. Elle me rendait dingue à pas parler aussi. Elle était bavarde, dans mon souvenir. Elle était ouverte aussi. Elle finissait toujours par m'arracher des trucs dont je n'avais pas envie de parler a priori. Et voilà, je n'avais pas complètement compris que nous avions en quelque sorte inversé nos rôles. Alors si elle craquait, au moins, elle lâchait des trucs.

J'étais venu m'excuser et j'étais monté sur mes grands chevaux sans même vraiment m'en rendre compte. Et j'ai perçu son amusement en face. Bon, c'est vrai que je faisais vaguement hystérique. Mais je m'en foutais.

— Anna, si on est ensemble, toi et moi, tu ne peux pas me balancer sérieusement que l'amour ce n'est pas ton truc en ce moment. Tu n'as pas le droit. C'est juste dégueulasse parce que ça veut dire quoi ? Nous deux, on est quoi ?

— Je suis désolée, elle a dit.

— De quoi ?

— Tu veux la vérité, tu veux que je te dise ce qui ne va pas ? Tu me fous les jetons.

— Quoi ?

— Tu me fais peur, Julien. Un jour, tu me proposes de faire un bébé, le lendemain tu m'envoies chier parce que je dis un mot de trop sur Malo. Tu me fous la trouille, t'es pas constant. Alors je me dis que tu vas refaire ton plan. Je vais être très bien, trop bien et puis à un moment donné, sans que je sache l'anticiper, tu vas me jeter comme une merde. Et je n'ai pas le temps pour un chagrin d'amour. Pas du tout possible de vivre ça.

Je suis resté un moment sur le cul.

— Je ne suis pas sûr de saisir, j'ai fini par dire, en avançant mes mots les uns après les autres avec autant de diplomatie que possible.

— C'est la première fois qu'on se dispute, Julien... Est-ce que ça veut dire que tu en as marre de moi ?

— Mais absolument pas ! Et on n'a pas besoin de se disputer, je m'excuse pour ce que je t'ai dit et on a fini.

— Tu peux vraiment être un sale... Un vrai...

Elle cherchait ses mots.

— Con ?

— Oui. Très con ! C'est ça. Alors j'ai envie de te crier dessus moi... Mais... Mais... Je ne veux pas parce qu'on s'est jamais disputés, avant ça, tu t'en rends compte et c'est juste incroyable et si ça, ça s'arrête, ça veut dire que toi et moi, ce n'est pas si spécial. Alors, je ne veux pas me disputer même si tu as été particulièrement con, bordel ! Un gros con !

J'ai souri en écoutant ses mots. Elle m'attendrissait totalement et je voulais la prendre dans mes bras et la serrer et la câliner... Mais elle avait raison, on avait réussi à passer toutes ces semaines, tous ces mois sans un mot plus haut que l'autre. Un état permanent de douceur, de tendresse, de fièvre. Et aujourd'hui, j'avais été assez con pour ouvrir le bal des emmerdes et changer la donne.

— C'est ce que les enfants provoquent, j'ai expliqué... Un jour, on en a et on devient sous tension permanente et on s'engueule pour des choses un peu connes, mais très réelles. C'est comme ça.

— Je ne suis pas sûre que ce soit le bon discours pour me donner envie d'en avoir, elle a dit très sérieusement.

J'ai jeté un coup d'œil vers elle, paniqué. J'étais le dernier des imbéciles.

— T'es sérieuse, là ?

— À ton avis ?

— Non mais sérieux ?

— Mais noooon.

Elle a souri en posant son livre sur la table de nuit.

— Bon, quand est-ce qu'on commence à essayer ? elle a demandé.

J'ai fait des yeux ronds. Depuis ma proposition, elle n'avait jamais remis le sujet sur le tapis. Et moi, considérant que chaque pas de plus l'un vers l'autre nous y menait doucement, je n'avais pas reparlé de ma proposition. Mais sa façon de mettre les pieds dans le plat me réchauffait le cœur.

— À moins que tu aies changé d'avis ? elle a demandé.

— Oh que non, j'ai lancé en m'approchant d'elle, tout en ôtant d'un geste rapide mon T-shirt. Et je te préviens, je vais essayer un paquet de fois cette nuit.

Elle a gloussé comme une jeune fille que j'avais connue là-bas, il y a longtemps. Une gamine trop grande parmi les autres, avec des yeux trop bleus et un cœur trop grand pour moi à l'époque. Et j'avais eu la chance, l'immense chance d'avoir une deuxième chance avec elle et je n'avais plus du tout envie de la manquer.

Anna ne tomba pas enceinte cette nuit-là. S'il y eut maints actes sexuels, ils ne provoquèrent pas de fécondation et tutti quanti. Mais cette nuit inaugura une nouvelle phase dans nos amours, une phase de rayonnement. D'habitude, c'est quand elles sont enceintes que les femmes rayonnent. Mais la lumière intérieure d'Anna, celle que je lui connaissais avant, était revenue. Je l'avais aimée sans. Tout de suite. Immédiatement. Mais elle était encore plus facile à aimer avec. J'avais parfois l'envie de croire que cette lumière était revenue grâce à moi. Cela me faisait plaisir de l'imaginer. Mais au fond, je savais que c'était surtout les malheurs qu'elle avait vécus qui l'avaient fait disparaître et j'étais l'accalmie. Après les tempêtes.

Chapitre 3

Anna voulut faire une fête chez nous. Une anni-crémaillère. Car en mars, on fêtait la nouvelle année d'Anna et notre installation à tous les deux. J'étais ravi. Cet appartement n'avait jamais connu de fête ni de crémaillère. Quand je m'y étais installé, après mon divorce, je n'avais pas envie d'y fêter grand-chose. J'avais Malo quelques jours par mois et tout le reste du temps libre que j'avais, je l'investissais dans le bricolage pour rendre cet appartement conforme aux exigences hautes qui étaient les miennes. Marc disait de moi que j'étais pratiquement homosexuel à ses yeux, car seuls ses amis homos avaient une telle passion pour la déco intérieure. J'acceptais en me disant que cela sonnait presque comme un compliment. Mais ce qu'il ne voyait sans doute pas derrière cette obsession, c'était le vide qui m'habitait. Mon divorce, ma parentalité à mi-temps, mon travail qui me faisait beaucoup voyager, tout cela m'avait vidé. Je me sentais inconsistant. Moi et ma passion pour le

Leroy Merlin de Beaubourg et mes abonnements à *Marie-Claire Décoration*...

Je dois mon retour à une vie d'homme plus équilibré à mon frère Benjamin. Un an et demi après le début de ma nouvelle vie sans ma famille, Benjamin était venu foutre le bazar dans ma vie à l'occasion d'un stage de fin d'études à Paris. Je l'avais accueilli dans mon appart pour les cinq mois qu'avait duré sa période de stage au ministère des Finances et de l'Économie dans le paquebot de Bercy. Il était arrivé en mai et en septembre, j'étais à nouveau le Julien que la majorité des gens avaient connu toute leur vie : gentleman célibataire, chasseur, amateur d'art et de jolies filles que j'avais quand même beaucoup de facilités à rencontrer à travers mon métier, rempli de mannequins femme. Car avec l'influence de Benjamin qui voulait dévorer la vie à Paris, j'avais dû faire le mouvement de sortir de moi-même et de replonger dans le tourbillon d'une vie, pleine de sorties au restau, de soirées dans des bars, de cinés, de rencontres, de nuits blanches. Je crois qu'au fond, c'est pour être conforme au fantasme de Benjamin que je me suis réveillé.

Benjamin, c'était le petit qui m'avait admiré bien au-delà du normal. J'étais beau gars et quand j'avais commencé à sortir avec des filles, vers ses dix ans à lui, j'étais devenu un dieu vivant à ses yeux. Peu importent les râteaux que je me prenais, les histoires que je ne savais pas faire naître par trop de suffisance ou de trouille, il ne voyait que la face lumineuse du personnage. Quand il était venu squatter chez moi à Paris, l'image n'était plus conforme depuis longtemps, mais lui, il gardait l'image de son frère qui faisait tomber les filles ado, qui se barrait à Paris faire les Beaux-Arts à dix-huit ans, qui devenait riche par l'opération du Saint-Esprit de sa belle gueule et de ses abdos, qui devenait bien plus riche par le miracle d'un métier de photographe dont il ne savait même pas vraiment que c'était un métier avant que je le fasse... Bref, il voulait voir ce mec-là et il trouvait un mec bien en deçà. Sauf que Benjamin, du fond de ses vingt-trois années de vie bretonne, avait le fantasme facile, et ça n'avait pas été trop difficile d'être finalement à la hauteur de son modèle en réactivant un peu de flamme. Il voulait connaître les fameux endroits branchés de la capitale ? OK, facile, on sifflait Marc et, à trois, on filait rue de la Roquette, l'épicentre du cool étudiant ces années-là. Rien de bien compliqué. Mais en prenant le goût de ces sorties simples, faites de pichets de bière et de kebabs dévorés à 4 heures du matin, je redécouvrais plus profondément la simplicité. Moi, et mon réseau de modeux, qui passait son temps au Coste ou Chez Georges, j'avais laissé passer des choses presque plus drôles et bien plus sincères à ne plus fréquenter ces endroits. Et j'y regoûtais avec plaisir, embarquant ou embarqué par Benjamin et Marc, qui profitaient avec plaisir du mouvement. Marc et moi, du haut de nos presque trente ans, on jouait aux vieux sages et aux conseillers spéciaux pour aider Benjamin dans ses projets de rencontres féminines. Benjamin finissait toujours par *râlouiller*, arguant que les filles venaient toujours à nous pour les mauvaises raisons, à savoir ma belle gueule. Marc soupirait, levant les yeux au ciel, enfonçant le clou :

— C'est l'histoire de toutes mes sorties avec ton frère... Faut s'habituer... Et profiter !

Et puis un soir, j'étais vraiment passé à la vitesse supérieure. On était au Café des Anges, et je les écoutais se bourrer le mou comme d'habitude, l'air vaguement absent, mais surtout en repérage de la table du fond où une brochette de jolies étrangères discutait autour de kirs.

— Votre problème, les gars, j'ai dit sans cesser de fixer les filles qui m'avaient remarqué, c'est que vous ne faites pas le travail qu'il faut. C'est tout. Ça demande du boulot, vous croyez quoi ?

— De quoi tu parles ?

Benjamin voulait des détails. Je les lui ai servis sur un plateau.

— Il faut observer d'abord, faire l'état des lieux en un minimum de temps, en ayant l'air de rien. Et puis quand vous trouvez un point d'attention, il faut attirer. Moi, là, ça fait cinq minutes que je travaille pour vous. Elles sont quatre, elles sont touristes, elles cherchent de la grande romance parisienne et j'ai ferré pendant que vous étiez en train de chouiner. Maintenant, il faut bouger. Il faut trouver le prétexte pour aller leur parler et s'inviter à leur table et profiter !

J'avoue, j'en faisais des tonnes. Mais ce personnage qu'ils avaient créé, je voulais lui rendre hommage puisqu'ils y croyaient.

— J'y vais en éclaireur et vous me rejoignez quand je vous fais signe.

J'y allais au culot. Avec un peu de chance, je me prendrais un râteau en anglais, cela ferait moins mal. Avec beaucoup de chance, y'aurait pas de râteau du tout. J'ai avancé entre les tables, mon verre de chablis à la main. Je zigzaguais en essayant de ne rien renverser et elles savaient que j'arrivais. Elles avaient vu mon manège. De là à dire qu'elles m'attendaient... Derrière moi, je sentais les regards abrutis de mon meilleur ami et de mon plus jeune frère, celui de loin que je préférais aussi, même s'il ne fallait pas le dire et à peine le penser.

La plus jolie de la table était une jeune femme aux cheveux très foncés et très lisses. Elle m'inspirait l'Amérique du Sud, les Incas ou l'Argentine. Elle était un peu forte, mais elle aurait fait un joli modèle de visage, tant son expression naturelle pouvait être lumineuse et sombre en même temps.

— Bonjour, mesdemoiselles.

J'ai entendu de vagues réponses un peu timides puis j'ai décidé de fixer mon combat, ma lutte, ma guerre civile sur celle que je préférais.

— Je ne veux pas vous ennuyer... Mais là-bas, au bar, mon meilleur ami et mon jeune frère ont fait un pari stupide vous concernant.

— Quel pari ? elle m'a demandé, en plongeant

ses yeux plus sombres que les miens dans mon propre regard.

— Ils vous trouvent toutes très belles et pensent que vous n'accepterez jamais de me laisser vous offrir un verre. Est-ce que vous voulez bien les faire perdre ?

C'était franchement gros et lourd. Mais en anglais, avec mon accent maladroit et leur fantasme sur leur voyage en France, ça a fonctionné. Bien évidemment. Et une fois installé auprès de celle qui se nommait Élisa, qui était non pas sud-américaine, mais mexicaine d'origine et Américaine de patrie, j'ai fait signe à mes comparses qui avaient les yeux si ronds depuis cinq minutes qu'ils avaient vraiment des allures d'idiots du village. En plein Paris.

Et cette première soirée avait été un premier mouvement. Une première nuit avec une femme que je consommais, avec gentillesse et sans lui faire mal. Ou peu. La seule chose que je ne voulais pas, c'était les ramener dans mon chez-moi. Je ne voulais pas partager trop de bouts de moi. Je préférais jouer au grand prince et louer une chambre d'hôtel. Je préférais passer la nuit dans l'appart de la belle quand elle en avait un et partir, sans fuir, le lendemain après m'être élégamment exprimé sur le plaisir d'avoir été là, d'avoir vécu ce joli moment. Depuis que j'avais souffert, je ne voulais plus faire souffrir. Mon respect pour les femmes amoureuses avait grandi et quand je sentais que l'une d'entre elles m'appréciait plus qu'elle ne le devait, je rompais avec le plus d'égards possibles. En morflant, j'avais gagné un état d'esprit d'amant respectueux. Et c'est vrai que parfois je me regardais avec fierté et un peu de suffisance. Comme j'étais devenu un gars bien quand même. Comme je pouvais être fier de moi, non ? Comme j'étais con. Moins con, mais encore à côté de la plaque tout de même. Mais plus satisfait de la vie quand même. Et quand Benjamin avait retrouvé la Bretagne après la fin de son stage à Bercy, il avait certes levé quelques donzelles, mais il avait surtout vu un piteux phénix renaître de ses cendres et c'était quand même mieux que cet enfermement en soi-même qui avait duré presque deux ans.

Et puis vous le savez au bout d'une année de ce régime, Anna avait été là devant moi. Et c'était parti pour le grand huit, le train fantôme, les pommes d'amour, tout en même temps. Et pas d'auto tamponneuse du tout, ce qui était un petit miracle quotidien. Pourtant j'avais eu envie aussi du quotidien avec elle. Et très vite.

Anna et ses trente ans. Je n'avais pas compris tout de suite tout ce qu'il y avait dans le choix de fêter son anniversaire. Je n'ai vu apparaître les symptômes de stress qu'au fur et à mesure.

Le vendredi matin, le jour de la fête, Anna s'est présentée devant moi avec une liste sur un bout de papier et elle m'a dit :

— Je ne sais pas cuisiner. Faut faire des plats.

Je ne sais pas quoi préparer. Je n'aurais jamais dû vouloir une fête.

J'ai essayé de la tempérer et tous les deux, assis sur le canapé, en ce vendredi matin, juste avant de partir bosser, nous avons pointé une à une les choses qu'il fallait faire pour arriver à notre fête du soir.

— Je ne sais pas pourquoi cela me met dans cet état-là...

— T'inquiète, moi, ça ne me fait pas peur. Je vais faire les courses, toi tu ranges et puis c'est tout.

Elle m'a regardé avec tendresse, et soudain a plongé son visage sur ma poitrine en m'enlaçant fermement.

— Tout est facile avec toi. Je ne sais pas comment tu fais ça...

Je l'ai serrée contre moi, heureux de son désir de tendresse, perplexe de constater que son stress était aussi grand.

— Je crois que ce serait plus facile si ce n'était que notre crémaillère. Cette histoire d'anniv, c'était stupide.

— Ben pourquoi ? Je ne comprends pas.

— Qu'est-ce que ça peut foutre que ce soit mon anniversaire ? C'est de mauvais goût d'attirer l'attention sur moi, comme ça.

Je me suis un peu écarté d'elle pour voir son visage. Je voulais qu'on discute, face à face, et comprendre comment de telles âneries pouvaient sortir de sa bouche.

— Anna, moi, je suis content qu'on fête ton

anniv. Je suis content que tout le monde sache que la femme formidable de ma vie va avoir trente ans et qu'elle est radieuse comme tout.

— N'importe quoi...

— Non, pas du tout.

— Le truc, c'est que je n'ai jamais fêté mon anniv...

— Jamais ?

— Non. Ce n'était pas trop la tradition avec mes parents. Me demande pas pourquoi... Mais du coup, toute cette attention, ça me tétanise.

J'étais un peu scotché. Anna n'avait pas été une enfant du placard, je le savais parfaitement, mais ce qu'elle disait c'était un manque, un désir d'attention non assouvi, et que maintenant elle ne s'estimait pas légitime de recevoir. Quand on n'a pas reçu, enfant, on ne se sait plus comment faire adulte. On est maladroit, les cadeaux nous encombrent, on a peur de décevoir dans nos réactions. On est persuadé de vivre une supercherie, que tout le monde va finir par se rendre compte qu'on ne mérite rien. Qu'on ne doit pas accepter. Bref...

— Tes parents ont jamais organisé un goûter, un truc comme ça ?

— Non.

— Pas de boum dans le garage pour tes quatorze ans ?

— Tu sais bien que non, tu aurais été invité.

— Et tu leur demandais ?

— Ben non. Non plus.

— Et cette fois, tu l'as fait... demandé...

— En quelque sorte et cela me surprend. Ça, c'est grâce à toi.

— Avec moi, tout est permis !

— En quelque sorte...

— Tu es triste ? j'ai fini par demander prudemment.

C'était un peu mon tabou. La peur que je ressentais au détour d'un regard un peu vague ou d'un silence trop long de sa part. Depuis les Maldives, je craignais cette douleur, cette peine qu'elle m'avait montrée, qu'elle n'avait plus eu peur de m'offrir, en partage de ma vie revenue. Et ce matin-là, j'en retrouvais une trace, dans cette angoisse d'être la reine du bal, dans ce mal-être.

— Ça va aller.

— Ça va aller. Ça va aller.

Je l'ai reprise dans mes bras et j'ai essayé de lui voler un baiser. Mais ses mots sont sortis à ce moment-là.

— Des fois, je suis comme tout le monde, j'en veux à mes parents. Je me fais leur procès dans ma tête en les accusant de toutes mes névroses...

— Ben tu as le droit. C'est la norme, quand même. Envoyer chier ses parents à un moment donné, tout le monde y passe !

— C'est moche quand même de blâmer ses parents morts. Pas très classieux.

— Ouais, mais bon, si tu veux leur dire merde, vas-y. Je garderai ça pour moi...

Elle a souri entre ses cheveux. Puis elle a cherché mes lèvres pour m'embrasser tendrement.

— Tu es vraiment un gentil, toi... J'y penserai si j'en ai envie... Et désolée de t'embêter avec mes états d'âme.

Et là, j'ai compris qu'elle le pensait vraiment. Qu'elle était vraiment embêtée de me montrer ce visage-là, cette personne *insecure* comme disaient plus directement les Anglais. Et je comprenais sa gêne, mais cela me faisait aussi chier qu'elle ait peur au fond de me montrer sa faiblesse. C'est quand elle me cachait des choses que moi, j'avais peur. Peur qu'elle ne soit pas bien, pas elle-même, sous tension. Peur qu'elle ne soit pas complètement à moi, dans toutes les dimensions de sa personne. Peur que ça l'use de se donner comme ça, non complètement. Peur qu'elle se lasse de ça. Se lasse de moi.

— Anna, je vais te dire un truc que je pense depuis le jour où moi, j'ai touché le fond. On est ce qu'on est devant Dieu et pas plus. Et en l'occurrence, toi, tu es déjà beaucoup à mes yeux. Ne t'en fais pas. Vis !

Je crois que mon cœur s'est tordu d'émotion à voir ses yeux se mettre à briller et puis devenir humides. J'avais touché un point dur. Un point qui faisait mal, qui faisait déborder. C'était éprouvant pour moi de la voir ainsi, basculer. Mais elle le faisait sans se cacher. Sans s'enfuir. Et je trouvais que cela avait de la valeur, cette craquelure.

— C'est dur, elle a dit en humidifiant mon T-shirt de ses larmes.

Et c'était dur pour moi aussi. Mais au fond de moi, je me savais assez fort pour l'aider. Assez grand pour voir loin devant elle et la protéger des événements. Assez intuitif pour deviner et l'emmener vers ce qui lui ferait du bien. Je voulais tout ça. Et elle m'a laissé croire ce matin-là que je pouvais réussir.

La fête fut jolie et Anna accepta, je crois, les gestes d'attention qu'on lui témoignait. Du fond de mes souvenirs, l'adolescente de quatorze ans que j'avais rencontrée est réapparue, peu à peu, au fur et à mesure que la fête grandissait, avec son flot d'alcool et de bonnes musiques trop fortes. Sauf que son amie de l'époque, Laure, avait été remplacée par Vincent, qui avait la même fonction : confident, complice de bêtises, empêcheur de tourner en rond. Anna, à son bras, semblait plus à l'aise, moins timide, plus forte. Et je me suis souvenu des quelques traces d'inconfort et de timidité que j'avais connues à l'époque. Cette façon de se bouffer un peu les ongles, de parler trop et trop vite quand moi j'étais souvent trop silencieux, de tourner le dos au problème (à savoir souvent à moi, qui étais *le* problème) pour ne pas affronter la suite et connaître la déception. Elle prenait souvent la fuite, ma chère et tendre Anna. Moi je fuyais l'évidence (de mon attraction, de mes sentiments, de mon désir d'elle) et elle, elle me fuyait moi. Maintenant, au bras de Vincent, je la voyais évoluer dans notre chez-nous et je la sentais plus sereine et moins fuyante. Le seul malaise venait peut-être des chaussures à hauts talons qu'elle avait décidé de porter ce soir-là. Ça lui tuait les pieds, ça se voyait. Alors, je me suis approché d'elle et j'ai dit :

— Pourquoi tu portes ces objets de torture ? Tu n'en as pas besoin.

Elle s'est tournée vers moi, souriante.

— Sérieux ? C'est Monsieur J'invite-des-tas-de-mannequins-à-ma-fête qui me demande pourquoi ?

Vincent s'est mis à rire tandis que je faisais la moue, sans pouvoir croire ce que j'entendais là. En plus les deux seules copines modèles que j'avais invitées étaient lesbiennes et en couple. Ça ne voulait rien dire, sa jalousie. Alors ça m'a pris. Je l'ai soulevée du sol, mise sur mon épaule et j'ai foncé entre les invités jusqu'à notre chambre. Ça a sifflé, applaudi tandis qu'Anna m'exhortait de la reposer par terre. Rien à faire, je tenais la bête. La porte une fois refermée derrière nous, je l'ai lancée sur le lit.

— T'es complètement dingue !

Mais je ne lui ai pas répondu, j'étais déjà en train de fouiller dans les placards à la recherche de ballerines ou de sandales qu'elle semblait avoir par centaines d'habitude.

Elle s'est assise sur le bord du lit et a fait sauter ses stilettos un pied après l'autre.

— En plus, ils vont tous croire qu'on est en train de se sauter dessus, elle a marmonné. La classe !

— Ah oui, c'est une idée, ça, j'ai fait, en me retournant vers elle avec une paire de ballerines bleues à la main. Celles-là ? Elles iront avec ton top, non ?

— Bien, Monsieur Mode. Comme tu veux !

— C'est pas pour te commander, hein ! C'est juste que je veux danser avec toi et que ces autres trucs te blessent. Ça blesse toutes les femmes, les talons... Comme les pointes des danseuses qui sont tellement barbares à porter.

— Je ne savais pas que tu étais féministe, elle a chuchoté.

— J'aime les femmes... Alors si cela fait de moi un féministe, je prends !

OK, j'exagérais un peu. Mais pour la séduire, lui plaire, je pouvais en faire des tonnes. Cela dit dans mon métier je voyais des filles souffrir à mettre ces échasses des temps modernes pour des conventions de beauté ou de sexy. Pour celles qui aimaient cela, OK. Mais elles étaient nombreuses à se l'imposer pour être à la hauteur, dans tous les sens du terme. Et je n'aimais pas cela. Et je pouvais changer cela à mon petit niveau.

— Ça ne te fait pas de l'effet, les talons ?

— Moi, ce qui me fait de l'effet, c'est ça, j'ai dit en remontant ma main le long de sa jambe, d'abord le mollet, puis le genou, puis la cuisse douce, sous sa jupe...

— Arrête ! elle a dit en empêchant ma main

de remonter plus haut. Tu n'es qu'un beau parleur et il y a des gens qui nous attendent de l'autre côté ! On n'a pas le temps de batifoler !

— Batifoler ? Ah la vache... Rien que le mot me donne envie.

Mais je voyais bien au regard de mon Anna que ce serait sans appel, qu'un autre devoir nous appelait à ses yeux : nos amis dans la pièce à côté. Et qu'il faudrait que j'attende. Et bien sûr que j'allais attendre. Bien sûr, elle le savait. Et ce serait encore bien meilleur, bien plus fort, bien plus cochon, parce que j'aurais eu le temps de m'impatienter et d'y songer, en la regardant évoluer d'une pièce à l'autre, en la frôlant dans la cuisine, en la prenant dans mes bras pour un slow à l'ancienne. Et elle le savait, la coquine.

Anna était déjà à la porte, et s'apprêtait à l'ouvrir pour ressortir et rejoindre nos amis. Mais je l'ai vue arrêter son geste puis dire :

— Au fait, je suis enceinte.

— Pardon ? j'ai fait en manquant de m'étouffer.

— J'ai fait un test de grossesse cet après-midi au bureau. J'avais un doute et je voulais savoir. Et voilà.

Et je l'imaginais faire pipi dans les toilettes de sa tour. Et je l'imaginais voir la croix apparaître ou les barres ou le dessin de bébé, je n'en savais rien après tout. Et je l'imaginais ne pas en croire ses yeux.

— J'ai failli t'appeler dans la foulée, mais bon, face à face, c'est mieux, non ?

Mais elle avait quand même attendu qu'on finisse les préparatifs de cette soirée. Elle avait attendu que je lui raconte ma journée navrante au service d'un dépliant Carrefour. Elle avait attendu que je peste sur sa façon de faire trop cuire les pâtes pour la salade de pâtes à la feta que je préparais. Elle avait quand même attendu que tout un tas de choses bien moins importantes et intéressantes que cette nouvelle ne se déroulent pour nous amener jusqu'à ce moment précis d'elle m'annonçant qu'elle attendait notre enfant.

Je l'ai rejointe près de la porte et sans rien dire, je l'ai prise dans les bras pour la serrer contre moi. Je souriais.

— Comment tu te sens, j'ai murmuré.

— Comme si j'étais la première femme à marcher sur la lune.

J'ai acquiescé, amusé. C'est vrai qu'elle avait l'air d'avoir marché sur la lune ou bien de voler sur un tapis volant ou bien d'avoir gravi l'Everest.

— C'est étonnant, elle a dit aussi, après quelques secondes, cette idée de porter un petit secret bien caché et invisible du monde entier.

En sortant de la chambre, tous les deux, côte à côte, nous étions deux à porter un joli secret et en regardant devant nous tous ces amis et connaissances réunis dans notre appartement, j'ai regardé aussi tout ce que nous avions devant nous, tous ces moments que nous allions partager. Et j'anticipais déjà les soirées entre potes avec le bébé qui dort à côté, les goûters d'anniversaire avec dix schtroumpfs ou schtroumpfettes et nos fatigues de parents débordés qui prient pour que l'après-midi s'achève. J'ai rigolé.

— Quoi ? a demandé Anna, surprise de mon rire.

— Je nous vois déjà fêter ici un anniversaire de la Choupie.

— La Choupie ?

— Ben ça peut être une petite fille, non ?

Elle a souri.

— Une petite fille avec plein de taches de rousseur sur le visage...

— Et des yeux bleu clair.

Avec le recul, je pense que ce que nous vivions était vraiment la période la plus dégagée en termes de nuages que j'avais jamais vécue de toute ma vie. Anna et moi et le petit bout de truc qui avait germé au creux d'elle, on faisait équipe pour nager dans le bonheur. Anna n'avait que les bénéfices de la grossesse, sans les inconvénients. Elle débordait d'énergie, pas un seul mal de cœur et ses seins grossissaient. Le bonheur total pour moi. Et puis la vie qu'on avait autour était plus belle aussi. Sa visite chez le gynéco et la prise de sang qui avait suivi avaient complètement confirmé son état de femme enceinte et elle m'avait fait hurler de rire quand elle était revenue un soir à la maison paniquée à la perspective de devoir s'inscrire à la maternité.

— Tu comprends, la gynéco m'a dit que je m'y prenais vachement tard, que pour avoir une bonne maternité, il fallait viser plus tôt.

— Mais tu es enceinte de cinq semaines, j'ai dit, comment tu fais pour le faire plus tôt, tu t'inscris avant d'être enceinte ?

— C'est Paris, ce sont des dingues ! J'ai l'impression que toutes les femmes que je rencontre depuis sont enceintes et qu'elles sont en train de me piquer ma place en maternité.

J'ai éclaté de rire.

— Mais qu'est-ce que ça peut faire, j'ai fini par dire, on va t'interdire d'accoucher ? Genre « Non, madame, refermez les cuisses et rentrez chez vous, on est au complet pour les accouchements... »

— Arrête, elle a dit en tremblant légèrement d'effroi, si ça se trouve, c'est ce qui va m'arriver. Je devrai le garder un mois de plus pour avoir une place !

Anna me faisait toujours rire, dans ses paniques comme dans ses croyances. Elle pouvait être si spéciale, à mes yeux. Rien à voir avec Ellie qui savait tout, programmait tout, organisait tout. J'aimais l'improvisation d'Anna. J'aimais qu'elle n'ait pas appris par cœur le guide *Avoir un enfant à Paris*. Peut-être cependant que j'aurais dû l'aider à être plus... ou moins. Ou quelque chose qui nous aurait davantage préparés à ça.

Mais comment on aurait pu s'y préparer au fond ?

ARZ

*J'y apprendrai à me taire et tes larmes retenir
Dans cet autre Finistère aux longues plages de silence.*

Les Innocents, *L'Autre Finistère*, 1992

Chapitre 1

Je ne sais pas pourquoi, j'ai su quand le téléphone a sonné. J'ai eu cette intuition. Peut-être que c'était plutôt une forme de statistique qui se confirmait. Quand on pense que des choses mauvaises peuvent se produire, elles finissent par débarquer un jour, les connes.

J'étais à Lisbonne pour deux jours de shooting pour *Vogue Italie*. Je travaillais souvent loin de Paris, mais j'avais de moins en moins envie de cette mobilité incessante. D'aucuns auraient pu dire que, vraiment, j'avais des problèmes de riches à me plaindre de jolis voyages, mais dans ce métier, les voyages n'étaient jamais de tout repos. Ou du moins, on passait énormément de temps à attendre et cela fatiguait tout le monde tout le temps de ne devoir rien faire tandis qu'une des équipes se préparait. L'équipe des maquilleurs qui préparaient les mannequins, l'équipe des décorateurs qui préparaient les décors, l'équipe du photographe qui travaillait la lumière ou, pire, l'attendait. C'était cette foutue lumière et la recherche de sa perfection qui nous faisaient toujours commencer le travail à des heures pas possibles comme 6 heures du mat. J'avais l'habitude, je connaissais bien, je m'étais largement adapté. Mais ce qui me coûtait, c'était la séparation. C'était l'éloignement. Avant de retrouver Anna, je m'éloignais en déculpabilisant car finalement, avec mon mi-temps dans la vie de Malo, cela me permettait d'occuper mes jours sans lui. À présent, la donne avait changé et partir me coûtait.

Tout ça pour dire que déjà, à la base, ce déplacement, il me faisait chier. Mais quand elle m'a appelé en plein milieu de l'après-midi pour me l'annoncer, j'ai en plus détesté être si loin, être bloqué, être infoutu d'être à ses côtés pour ce qui était au fond une merde de plus au compteur de nos vies.

Elle avait fait une nouvelle visite chez le gynéco. Comme à chaque fois, il checkait que tout allait bien. Petite écho, plein de mesures dans tous les sens du petit haricot, et on repartait avec une petite photo un peu sépia.

Mais les choses ne s'étaient pas déroulées ainsi cette fois-ci. Anna m'a raconté plus tard que le gynécologue bavard, plaisantant souvent pour détendre les jeunes mamans avec des blagues éculées mais si rassurantes (oh mais il gigote dans tous les sens, il fera un grand footballeur celui-là), avait laissé très rapidement place à un médecin tendu dont la bouche s'était soudain fermée. Il y avait un problème, elle l'avait senti.

— Quelque chose ne va pas, il avait fini par dire.

— Vous n'entendez pas le cœur ?

— Non. Mais ça, c'est normal à ce stade de développement. Mais depuis la dernière fois, le fœtus n'a pas beaucoup grandi. Vous en êtes à neuf semaines et là, il fait la taille d'un fœtus de sept semaines. Sept semaines et demie.

— C'est peut-être un plus petit que la norme ? avait tenté Anna pour y croire toujours.

— Peut-être. Ou peut-être qu'il a arrêté de grandir.

— Pourquoi il aurait arrêté ?

Mais Anna en prononçant ces mots en comprenait le sens à mesure qu'ils sortaient de sa bouche. Le fœtus n'était plus vivant. Il était encore là, au milieu d'elle, mais il ne vivait plus.

— On va se donner une semaine de plus pour comprendre. On prend rendez-vous tout de suite. On sera fixés.

Anna avait tenu de toutes ses forces jusqu'à la fin du rendez-vous. Elle s'était accrochée à cette tentative de dignité, cette éducation reçue : ne pas pleurer devant des gens pour ne pas les déranger, les mettre mal à l'aise. Ne pas craquer. Faire semblant. Le médecin devait savoir pourtant. Il anticipait sûrement ce qu'il se passerait une fois la porte du cabinet fermée derrière elle. Et c'était arrivé. Dans les escaliers du médecin, elle s'était mise à pleurer et, assise sur les marches des escaliers, elle m'avait appelé. Pour tout me dire. Pour me dire que le bébé n'allait pas bien. Que quelque chose clochait. Que peut-être que son cœur ne battait plus. Que peut-être que si. Mais quand même, il était trop prudent, ce médecin, tout à coup. Trop sérieux. Pas rassurant.

Et moi, à l'autre bout du fil et de l'Europe, j'ai fait comme elle, quelques minutes plus tôt. Devant l'équipe, devant les mannequins, devant le client, devant les techniciens, je suis resté droit, professionnel, écartant cette question aussitôt après avoir raccroché et continuant imperturbable mon travail, ce pourquoi on me payait grassement cette fois-ci. Et puis quand ça a été fini, quand j'ai refermé la porte du taxi qui me conduisait à l'aéroport, quand la voiture grise s'est élancée dans la belle ville de Lisbonne et qu'au loin, là-bas, je pouvais apercevoir le majestueux Tage, je me suis mis à pleurer, en silence, les yeux cachés derrière mes lunettes noires.

D'une façon bien étrange, j'ai d'abord pensé que ce drame allait nous unir davantage l'un à l'autre. Nous étions tristes, nous étions effondrés, mais nous étions deux, pouvant compter l'un sur l'autre. Sauf que la vie, ça ne marche pas vraiment comme ça. On ne fait pas les comptes aussi simplement. Et c'est allé de pire en pire.

Les trois jours qui ont précédé le nouveau rendez-vous chez le gynéco, nous les avons passés comme sur du coton. Tout étant vaporeux, irréel. D'un côté, nous espérions un miracle et attendions le rendez-vous avec impatience, de l'autre, nous savions et nous n'étions pas en mesure d'en parler. Bien sûr, nous y sommes allés ensemble cette fois-ci et, bien sûr, dans la salle d'attente, côte à côte, nous avons attendu en silence, entourés de deux femmes avec des gros bidons. Bien développés. Avec à l'intérieur, des bébés bien développés. Avec les bonnes mesures et le bon cœur. Anna faisait la forte et la fière. Elle me souriait, nous nous chuchotions quelques mots. Mais je devinais bien depuis trois jours une fragilité à fleur de peau, même si aucune larme ne jaillissait. Et puis, ce fut la confirmation. Ces mesures qui n'ont pas changé, ce cœur qu'on n'entend pas battre, cette certitude à présent. Anna m'a regardé longuement, tandis que le médecin finissait de nous confirmer la mauvaise nouvelle et dans ses yeux, j'ai vu un puits sans fond de tristesse. Une tristesse si profonde qu'elle en paraissait infinie.

Le médecin a prononcé des mots pour rassurer, des mots d'encouragement. La faute à pas de chance, le miracle qui pouvait se reproduire vite et se dérouler parfaitement la prochaine fois, la loi des pourcentages, implacable. Mais ses mots, je les entendais à peine, concentré que j'étais sur cette tristesse au stock inépuisable. Voilà, une nouvelle fois, c'était arrivé. Je n'avais pas su protéger ma douce et tendre. Par ma faute, mon désir, elle vivait une nouvelle histoire qui ne finissait pas bien. Je me sentais merdique. Non, plus que ça, je me sentais coupable.

— Il y a plusieurs options. Une IVG médicamenteuse qui peut se passer chez vous, à la maison, un curetage à l'hôpital ou alors on attend que l'expulsion se fasse naturellement.

Voilà, on était revenus dans la réalité et sa dureté. Anna ne répondait rien. J'ai fini par attraper sa main alors qu'elle était juste à côté de moi, sur le siège d'à côté.

— Qu'est-ce que vous recommandez ? j'ai demandé prudemment en regardant ma douce.

— Si je calcule bien, le fœtus a arrêté de vivre depuis au moins quinze jours et l'expulsion n'a pas eu lieu. Il vaut mieux agir maintenant. Je vous recommande d'opter pour un curetage ou une IVG par médicament.

J'ai tourné mon attention vers Anna, qui n'avait pas ouvert la bouche.

— Est-ce qu'il faut décider tout de suite ? j'ai demandé.

— Non, vous pouvez réfléchir et me rappeler. C'est...

— Je veux les médicaments, l'a interrompu Anna. Je ne veux pas aller à l'hôpital.

Puis, accrochant mon regard, elle a dit :

— Tu pourras rester avec moi ?

Le médecin a acquiescé. Oui, il comprenait. Oui, c'était une bonne option. Oui, être ensemble, c'était bien.

Nous étions ce couple réuni à la maison pour attendre l'expulsion d'un fœtus. Nous étions ces gens qui avaient rêvé d'un bébé et qui devaient se résoudre à sa perte.

Je suis allé à la pharmacie chercher les médicaments. La pharmacienne savait. Elle m'a souri tout timidement pour, je crois, me donner du courage ou en souhaiter encore davantage à Anna dont j'avais la carte Vitale et la carte de mutuelle entre les mains. J'ai répondu tristement à son sourire. Puis je suis rentré direct à la maison, en courant sur le boulevard animé, gai, ensoleillé en cette fin d'après-midi de mai. Paris était une fête. Sauf pour nous deux.

Deux heures après avoir gobé les médicaments en buvant du vin rouge, Anna a commencé à avoir mal. Très mal. Elle a dit :

— J'ai mal au ventre, à la tête, au cœur. Tout en même temps.

Il était plus de 21 heures déjà et elle marchait dans l'appartement, sans pouvoir trouver de position ou de situation qui la soulage. J'avais l'impression d'une souffrance sans nom ou qui ne disait pas son nom. C'était insoutenable. Anna s'est mise à pleurer. Je sentais qu'elle craquait. Puis elle a foncé à la salle de bains, me demandant de la laisser tranquille et là, sous la douche, c'est arrivé. Et quand elle a accepté que je la rejoigne, je l'ai trouvée assise dans le bac à douche, nue, ruisselante, contemplant un minuscule caillot de sang, dans un coin du bac, l'eau se mélangeant au sang sur le carrelage blanc, l'eau se mélangeant à ses larmes sur son visage.

À quoi reconnaît-on un traumatisme ? Au choc éprouvé. Et elle, là, comme ça, ce fut un choc pour moi. Et d'abord, je n'ai pas su quoi faire. Et ensuite, j'ai sans doute fait tout mal. Parce que je n'ai pas pu m'empêcher de pleurer, par exemple. C'est venu tout seul en une vague concentrée, sans que je parvienne à la bloquer. Ensuite, je me suis assis à son niveau, j'ai fermé le robinet d'eau et je l'ai prise dans mes bras et, sans un mot, soulevée pour l'emporter dans notre chambre et je voyais bien qu'elle souffrait encore et que du sang coulait toujours entre ses cuisses. Mais je voulais la sortir de là, qu'elle s'éloigne, qu'on s'éloigne tous les deux. Je voulais lui cacher la vision de ce caillot de sang. Sur le lit, je l'ai déposée aussi précautionneusement que possible. Puis je suis reparti chercher des serviettes de bain pour la sécher et essuyer le sang sur son corps. En revenant dans notre salle de bains, il m'a encore sauté aux yeux et il m'a fallu prendre mon courage à deux mains et, en guidant le jet d'eau vers la bonde, j'ai fait disparaître cette dernière trace de notre mini-nous qui ne serait jamais parmi nous. Et au fond de moi, j'ai pensé que j'aurais préféré qu'elle choisisse de se rendre à l'hôpital et je lui en ai voulu. Oh ! pas longtemps et, très vite, je me suis haï d'avoir de telles pensées. Mais je ne peux pas mentir. J'ai été ce mec immonde qui pense cette chose immonde. Dans la chambre, à mon retour, j'ai vu qu'elle s'était mise en pyjama. Elle a mis une serviette que je lui tendais sous elle et elle s'est allongée sur le lit sans me regarder. Elle ne fuyait pas mon regard, elle ne me fuyait pas moi. C'est la vie entière à laquelle elle voulait se soustraire. Et j'ai tout de suite compris qu'on était dans du grave au vide de ses yeux. Le vide de son si joli regard bleu.

Anna s'est paradoxalement endormie très vite. Elle m'a demandé un Doliprane et des Spasfon et puis, vite, je l'ai vue s'assoupir. C'était une bonne chose, évidemment car elle était fatiguée de toutes les manières possibles. Mais je ne pouvais pas m'enlever de la tête que nous ne nous étions pas du tout parlé et que je la sentais très loin de moi. Peut-être m'en voulait-elle ? Peut-être étais-je à ses yeux ce sale con qui l'avait convaincue d'avoir un bébé ? Peut-être étais-je ce type venu du passé pour lui pourrir son avenir ? Je ne savais pas ce qu'elle pouvait avoir dans le cerveau et je le redoutais, car elle me faisait soudain penser à l'autre Anna. Celle qui au tout début de nos retrouvailles ne m'avait pas confié grand-chose et surtout pas ce qui avait été important dans sa vie depuis quatorze ans. Cette Anna mutique, tragique qui avait su si bien dissimuler ses blessures derrière des jolis sourires. Et je n'y avais vu que du feu jusqu'à ce que je ne voie plus que ça. Clairement.

Je l'ai regardée dormir. Je l'ai regardée gémir un peu aussi. Je l'ai regardée souffrir. Encore. Et puis je n'ai plus été capable de la regarder. Je suis sorti de la chambre et là, contre le mur, lentement, j'ai glissé à terre, en larmes. Une nouvelle fois, une vague d'émotion m'étouffait et je n'avais d'autre choix que de la laisser me submerger. Et j'étais triste et mal pour tout un tas de raisons dont je ne savais pas laquelle était vraiment juste. Nous avions perdu un enfant à naître. Mais j'avais l'impression que c'était Anna que j'avais perdue en même temps.

Au bout de ce qui m'a semblé être une éternité, j'ai arrêté de pleurer et je me suis relevé, à la recherche de mon téléphone. Là-bas, rue Beaurepaire, un des êtres qui m'étaient le plus cher saurait peut-être quoi faire ou quoi dire. Et j'ai appelé Marc en étant par avance soulagé d'entendre sa voix. Marc qui ne savait même pas que nous attendions un enfant et à qui j'allais annoncer que nous ne l'avions plus. C'était n'importe quoi.

— Marc ?

J'ai chuchoté en m'éloignant tant que possible de la chambre pour ne pas réveiller mon amour.

— Il est tard, il a dit, ensommeillé.

Merde, il était vraiment tard puisqu'il était même couché, le service du restaurant terminé.

— Je suis désolé, j'ai fait tout de suite.

— Ça va pas ?

Il devinait vite, le Marco. L'heure, la détresse dans ma voix.

— Il faut que je le dise à quelqu'un, j'ai fait, précipitamment, parce que si je ne le fais pas j'ai l'impression que ça va m'étouffer. Anna était enceinte, on était super heureux et maintenant c'est l'horreur. Fini et j'ai vu le fœtus, Marc, dans la douche. C'est arrivé. Putain, j'ai vu notre bébé mort.

J'ai entendu Marc prendre sa respiration et des bruits sourds dans le téléphone ont suivi : il se déplaçait, changeait sûrement de pièce pour ne pas déranger sa moitié.

— OK. Tu l'as dit. C'est fait. Julien ?

— Oui ?

— Là, c'est le pire. Le tout en bas. Le plus profond. Et tu crois que vous n'allez jamais remonter.

— C'est ça.

— Mais Julien, crois-moi, ça va aller mieux. Un jour, ça ira mieux.

J'ai laissé une nouvelle fois l'eau couler de mes yeux et j'ai acquiescé en silence. Et puis quand on a eu raccroché, lui et moi, je suis revenu dans la chambre, je me suis déshabillé sans bruit et, doucement, je me suis allongé auprès d'elle, en la touchant sur l'épaule du bout des doigts. Et dans le silence de la nuit, j'ai attendu que le jour vienne.

Chapitre 2

Voiture. Route de nuit. Elle dormait. Elle s'était enfin assoupie. On avait un peu parlé, pris un café à la station-service, puis quand on avait repris la route, l'autoroute direction les châteaux de la Loire, elle s'était endormie, les lunettes noires dans la nuit noire. Ses joues et ses yeux avaient dégonflé pourtant depuis hier, mais elle se cachait encore. Les larmes avaient arrêté de couler et j'avais décidé de l'emmener en week-end loin de l'appartement, de Paris, des gens. Loin de nos emmerdes. Et puis en chemin, en voyant le panneau Nantes, soudain, j'ai changé d'idée et j'ai décidé de la conduire là où je savais que peut-être, je dis bien peut-être, elle pouvait se faire du bien. Se retrouver.

Au petit matin, nous étions arrivés, mais elle ne s'était pas réveillée. Je m'étais garé devant le port. Port-Blanc n'avait pas changé. Il faisait gris, il faisait froid, et moi, le cul posé contre le capot de la voiture, fumant clope sur clope, j'attendais son réveil et je craignais sa surprise. Nous devions nous retrouver dans un putain de Relais & Châteaux de luxe de merde et je l'avais ramenée à nous et à notre jeunesse. Était-ce vraiment une bonne idée ? N'allait-elle pas péter un plomb ?

J'ai entendu la portière claquer et je l'ai vue voir ce que j'avais cherché à lui montrer. Notre passé avait un futur. Nous n'avions pas été et n'étions plus. Nous pouvions reconnecter et continuer. Et faire un putain de bébé again. Et vivre ensemble aussi longtemps qu'elle le supporterait. Elle a vu. Elle a compris où nous étions. Elle n'a pas poussé de cris de joie. Elle n'a pas fait la tronche non plus. Elle est sortie de la voiture et a posé ses fesses à côté des miennes sur le capot.

— On a fait un détour, là.

J'ai acquiescé. Elle m'a attrapé le poignet pour arrêter ma main et prendre entre ses doigts la cigarette que je fumais. Après quelques volutes, elle me l'a rendue. Après tout, elle avait à nouveau le droit de fumer. À nouveau le droit de boire trop de café. Et peut-être même picoler.

— On ne se trouverait pas du café avant la traversée ? elle a demandé.

Implicitement, elle avait accepté. Tout. Mon pari. J'étais soulagé.

— OK. On y va pour la caféine.

— Vous avez toujours la maison ?

— Toujours. Ça a un peu changé, tu verras. Côté confort, je veux dire.

— Tes parents savent que tu arrives ?

— Oui et que tu es là, toi aussi.

Elle a souri. Ma mère nous attendait là-bas.

C'était là qu'elle vivait souvent. Maintenant. Mon coup de fil l'avait surprise. Mais elle avait tout de suite dépassé le truc. Elle me connaissait. Elle m'acceptait. C'est quand j'ai parlé de venir accompagné qu'elle m'a dit :

— Je voudrais voir Malo aussi.

— Malo reste à Paris, maman. Il est avec Ellie ce week-end.

— Je sais. Mais voilà, je voudrais le voir.

— OK. Je vais faire ça. Mais prête-moi ta maison pour l'instant. Prête-moi Arz pour Anna, cette fois.

Depuis qu'Anna était revenue dans ma vie, depuis que j'avais eu cette chance-là, ma mère était aux anges. Même à distance, je pouvais sentir ses sourires dans le téléphone quand on parlait d'elle. On ne se disait pas grand-chose, mais à chaque coup de fil il y avait un peu plus d'Anna dans la conversation téléphonique. De toute façon, maman avait été une grande fan de la gamine qu'Anna avait été. Je crois qu'elle avait été attendrie par ma première amoureuse et nous avait toujours implicitement soutenus et protégés, au nom sans doute du romantisme qu'elle portait en elle. Pour preuve, la passion qu'elle avait pour Stendhal. Julien, vous pensez que ça venait d'où ? Anna l'aimait aussi beaucoup en retour, elle me l'avait si souvent dit, et tous les mois qu'on avait été un nous, Anna et moi, elle était un peu devenue la fille que maman n'avait pas eue. Tu penses, trois essais, trois garçons, y'avait de quoi faire un transfert. Et voilà, nous étions à présent tous les trois, dans le jardin de la maison d'Arz comme quatorze ans plus tôt. Nous venions de déjeuner au soleil d'une bourriche d'huîtres et d'un petit muscadet. Nous avions discuté presque comme si de rien n'était, tout à l'évocation de souvenirs. Mais moi j'avais hâte de me retrouver cinq minutes avec ma mère. J'avais envie de lui dire qu'Anna et moi, nous étions tristes comme les pierres et que non, Anna, là devant elle, ce n'était pas exactement mon amoureuse de tous les jours. C'était une blessée de guerre, une survivante et qu'elle avait quand même sérieusement du vague à l'âme.

C'est Anna qui a demandé si elle pouvait aller se reposer dans une des chambres de notre maison de famille. Ma mère est montée avec elle et l'a installée tandis que je préparais un café. Je me suis remis au soleil, les pieds nus posés sur une chaise face à moi et j'ai essayé de profiter de ce temps, de cette clémence, de cette douceur bretonne. Peut-être que moi aussi, j'étais fatigué. Peut-être même que j'avais un peu morflé. Et là, j'appuyais sur le bouton pause. Parce que c'était Arz et qu'ici je pouvais.

J'avais toujours beaucoup aimé ce lieu. L'île d'Arz dans le golfe du Morbihan était un peu l'épicentre de mon monde. Tout partait de là, tout y revenait. La maison que ma famille y possédait n'était pas grande ni luxueuse, mais avec le temps, c'était devenu un endroit précieux. Mes parents, quand ils en avaient hérité vingt ans auparavant, l'avaient peu à peu rénovée et c'était à présent un véritable cocon, breton, avec cet esprit insulaire, loin du tumulte du continent. J'avais, plus que mes frères peut-être, un lien fort avec cet endroit. Quand je me prenais encore pour un grand photographe en devenir, je venais ici m'exercer. Rien n'était plus photogénique à mes yeux que la Bretagne en général et mon île en particulier. Des souvenirs avec Anna me ramenaient également ici. Nous y avions joué à Paul et Virginie le temps d'une journée et d'une nuit. Nous y étions venus un paquet de fois faire la fête en douce avec des copains. Nous y étions revenus seuls pour faire l'amour l'après-midi. Arz était magique. La magie était à Arz et je comptais sur son pouvoir pour guérir Anna de ses blessures ou l'aider à cicatriser. J'avais cet espoir fou.

Maman est redescendue et s'est réinstallée à la table. Je voyais bien qu'elle attendait. Qu'elle attendait que je parle enfin. J'ai abrégé la torture.

— Tu as appris pour ses parents ?

— Oui. J'ai appris. C'était il y a trois ou quatre ans, c'est ça ? Quelle misère. Comment elle va ?

— Moyen.

— C'est ta faute ?

— Maman !

— Je te connais, Julien.

— Un peu aussi, j'ai admis. Mais...

— Mais tu as une idée derrière la tête et tu l'amènes à Arz.

— Ce n'est pas ce que je crois que tu crois. Elle

a besoin d'un truc qui répare. Elle a peut-être des chances de le trouver ici.

Ma mère m'a fixé avec les prunelles noires que je lui connaissais, celles dont, paraît-il, j'étais équipé. Elle me scannait. Je savais qu'elle était en train de le faire.

— C'est peut-être ta chance.

— Quoi ?

— C'est peut-être elle. Comme quand tu avais seize ans.

— Je n'ai plus seize ans, maman.

— Mais cette fois-là, je sais que tu étais amoureux. Quelle histoire.

— Je l'ai cassée, l'histoire, à l'époque.

— Tu ne peux pas regretter ça. Vous étiez des gamins.

— Toi et papa, ça a tenu depuis le début ?

— C'est ce qu'on veut faire croire. Car qui a besoin des détails ?

— Vraiment ?

Elle m'a jeté un regard coquin. Celui d'une gamine de douze ans. Pas une chaudasse, hein, entendons-nous bien.

Ça m'a fait sourire, mais rapidement je me suis refermé. Bordel, c'était dur de parler de ça. Et c'est là qu'elle a dit :

— Qu'est-ce qui se passe ? Tu ne l'as pas maltraitée j'espère !

— Non. Arrête de penser que je suis toujours un méchant. Ça va bien !

— Vous allez me faire un bébé ?

— Maman, putain, plus maladroite que toi, je vois pas.

— Quoi ?

— On a essayé, justement. Anna était enceinte. Mais c'est fini. Fausse couche.

— Oh ! mon Dieu, c'est génial. Vous allez vraiment être une super famille.

— Tu entends ce que tu dis ? Je t'ai dit qu'elle n'était plus enceinte.

— Mais vous allez réessayer. Ça va marcher.

— Ouais, bien sûr, on efface tout, on recommence. Le truc, tu vois, c'est que dans la liste des emmerdes sur l'ardoise d'Anna, celui-là, de drame, est un peu la goutte d'eau qui fait déborder son vase. Ça ne va pas fort du tout.

— Elle va se remettre, elle va y parvenir.

— J'ai bien envie de te croire, mais je n'en suis pas si sûr.

— OK. OK. Mais ce que je te dis là, c'est que cette fille-là, qui est en train de dormir dans ma housse de couette préférée, c'est vraiment une belle personne.

Je n'ai rien répondu. Ça valait peut-être pour un acquiescement. Et bordel, pourquoi ma mère voulait-elle me faire dire ce que je n'avais pas envie de penser moi-même. Anna, ce n'était pas gagné. Même si j'admettais que ça me faisait terriblement envie, ce happy end. Ce n'était pas gagné, parce qu'elle était toute cassée, parce que j'avais merdé. Comme d'habitude. Mais un peu plus quand même. Et parce que je ne savais même pas dire si elle m'aimait encore. Dans ce bordel qu'était notre vie depuis plusieurs jours avec l'annonce de la mauvaise nouvelle puis la fausse couche, pas une fois, une seule fois, je n'avais su dire si tout ça, si elle et moi et le bordel autour, c'était de l'amour. Et ça me faisait peur.

Ma mère a pris les devants. Elle est partie. Elle nous a laissé champ libre. J'ai apprécié.

— Je vais retrouver ton père à la maison. Ça va lui faire drôle de me revoir si vite.

J'ai souri. Mon père en retraite depuis quelques mois et ma mère qui en profitait pour fuir à Arz et lui laisser de l'espace. Mon cher père.

Je me souviens que ce n'est pas à la naissance de Malo que je me suis rapproché de lui. Mais quand je m'étais trouvé comme une loque, plaqué par la femme que j'aimais. Là, mon père et moi, on avait reconstruit un pont. Je me souviens d'avoir téléphoné à la maison pour parler à ma mère. Comme toujours, maman était mon premier ressort, mon grand repère. Mais ce soir-là, elle n'était pas là. Et c'est mon père qui avait décroché. Ma voix, mes mots, tout devait trahir la peur panique qui me serrait la gorge.

— Qu'est-ce qu'il se passe ? C'est Malo ? Quelque chose est arrivé à Malo ?

Mon père paniquait.

— Non, Malo va bien... C'est moi, papa. Ça ne va pas.

Mes larmes, sans discontinuer. Mes larmes qui roulaient. J'étais dans une chambre de l'appart de

Marc. Un vieil appart haussmannien, au-dessus du restau que ses parents louaient depuis des décennies. C'était là que j'avais échoué, la veille au soir, avant de prendre la cuite de ma vie.

— Ellie demande le divorce.

Papa avait un jour dit que j'avais un cœur d'artichaut. Il me l'avait dit un jour, énervé, quand j'avais dix-sept ou dix-huit ans et dans sa bouche cela ne semblait pas être un compliment. Je crois que ce qu'il me disait était différent. Je n'étais pas comme lui. J'étais sensible. J'avais des traits fins. J'avais un regard sur son monde un peu dégoûté et distant. J'étais un petit con. Je le jugeais et le blessais sans doute. Et lui condamnait mon côté joli cœur, briseur de cœur et romantique. À ses yeux. Mais ce jour-là, au téléphone, papa ne m'avait pas jugé. Ne m'avait pas demandé d'arrêter de pleurer. Ce jour-là, il m'avait dit : « On arrive » et il a raccroché. Et le lendemain, papa et maman étaient à Paris. Le temps que l'œil du cyclone passe.

C'est en pensant à cette époque lointaine que je suis revenu dans la maison et dans son calme. Pas un bruit en haut. J'espérais qu'elle dormait. Vraiment. J'avais appris à me méfier. Alors je suis monté vérifier.

Dans la chambre bleue, où ma mère l'avait installée, elle dormait pour de bon. Sur le côté, en chien de fusil, elle avait posé sa tête tournée vers la fenêtre et ses yeux se reposaient. J'ai regardé, écouté doucement sa respiration. C'était quelque chose que j'avais fait dans le passé. La regarder dormir. Un peu. Ce n'était pas la plus grande passion de ma vie, mais je me suis souvenu de ces premiers moments d'intimité partagée. Pour la première fois, avec elle, j'avais plongé dans la découverte de l'intimité. Un corps, une proximité, la paix des sommeils, la douceur des réveils. J'avais fait ce premier chemin avec elle. Et c'était la première femme que j'avais regardée dormir. Comme aujourd'hui. Pour cette sieste bretonne et insulaire. Grâce à cet air marin qui semblait l'avoir assommée pour de bon. Sans chimie. Sans artifice.

Se pourrait-il qu'elle soit ma chance ? J'avais tellement l'impression d'être sa perte. Mais elle, pouvait-elle être la chance à saisir ? La beauté à retrouver ? La femme à aimer pour les siècles des siècles ? Amen.

Les deux journées qui ont suivi notre arrivée à Arz ont été tranquilles, calmes, reposantes. Anna avait arrêté de souffrir du ventre et arrêté de se bourrer de Spasfon et de Doliprane. Elle parlait peu, mais elle me semblait plus présente. Dans cet environnement si singulier, si poétique, elle était plus encline à communiquer. Elle posait des questions sur les lieux, les gens, la maison, la mer, les fruits de mer, le cidre... Tout ce qui pouvait en somme lui permettre d'éviter le sujet principal : elle-même. Elle-même après ce qui nous était arrivé. Elle-même avec moi. Elle-même et le bébé perdu. Elle-même et la peur revenue. À quoi je la savais revenue ? Aux nuits. Aux cauchemars qui la faisaient gémir ou même pleurer en dormant. C'était terriblement impressionnant et cela ressemblait aux nuits et aux cauchemars dont elle m'avait expliqué qu'ils avaient rempli sa vie après la mort de ses parents, dans ce no man's time qui avait duré plusieurs mois. Elle ne me l'a pas avoué, comme elle l'avait fait aux Maldives lors de mon accident de plongée, mais elle n'a pas eu besoin pour que je comprenne. Anna n'allait pas bien. Et j'avais peur.

Le troisième jour de notre séjour sur l'île, elle m'a dit qu'elle voulait bien faire un aller-retour sur le continent pour l'après-midi pour aller revoir Erwan. Je suis resté estomaqué. Ce prénom venu du passé, je ne m'y attendais pas du tout. Elle a même dit :

— Je voudrais aller le voir.

— Le voir ? Mais j'avoue que je ne comprends pas... Il est mort...

— Oui. Bien sûr. Mais j'aimerais voir sa tombe, le cimetière.

— Ah, d'accord.

Erwan, c'était se souvenir que nous avions perdu un ami d'enfance. Se remémorer qu'il était mort dans un accident de mob, qu'il avait trop bu, qu'il était trop jeune pour boire autant. C'était se rappeler qu'il avait été mon pote jusqu'à ce qu'on tombe amoureux de la même fille. Et bien sûr, ne pas pouvoir ignorer que cette jeune fille était Anna.

Nous avons pris le bateau vers Vannes et retrouvé la voiture sur le parking. Et tandis que je conduisais jusqu'au cimetière où il avait été enterré, elle a dit :

— Tu me trouves glauque ?

— Sur quel sujet ?

— Nous, le cimetière.

— Je ne sais pas quoi dire. Je ne juge pas.

Puis elle a murmuré :

— Je vis entourée des morts. Mais Erwan a été le premier. Tu l'avais oublié, toi ?

— Erwan ? Non.

— De là à dire que tu y pensais beaucoup.

J'ai mal réagi et me suis agacé :

— Que veux-tu que je te dise, Anna ? Que je suis un gros salaud ? Je suis un salaud, mais je n'ai jamais oublié Erwan. Et tu es bien placée pour savoir que j'ai culpabilisé comme un malade à sa mort. Je ne suis pas sûr que cela m'ait quitté.

— Désolée, elle a dit en regardant par la fenêtre, je suis naze.

Nous sommes restés silencieux plusieurs secondes qui m'ont paru bien plus longues puis j'ai fini par dire, calmement :

— J'ai tellement détesté Erwan à une époque, tellement détesté les sentiments qu'il éprouvait pour toi... C'est comme si cette haine-là lui avait fait du mal, l'avait affaibli.

Elle s'est tournée vers moi et nos yeux se sont croisés. Ça m'a fait piquer les yeux de me souvenir de tout cela. Puis elle m'a dit :

— Y'a rien que je puisse dire pour t'empêcher de ressentir ce truc. Mais ce que j'ai appris avec la mort de mes parents, c'est que la colère ne m'aidait pas. J'ai arrêté d'être en colère. Je crois. Un peu. Je suis devenue triste à la place.

Dans le cimetière, il ne s'est pas passé grand-chose. Il était désert, on a mis des plombes à retrouver sa tombe et elle y a déposé ses fleurs. Celles pour lesquelles on s'était arrêtés sur la route. Quelques roses, en pot. Parce qu'elle avait l'espoir qu'elles ne faneraient pas tout de suite. Que quelqu'un d'autre, après nous, viendrait arroser ce pot. De temps en temps. Sa mère ? Sa grand-mère. Pourquoi pas. Qui j'étais pour empêcher d'imaginer quelque chose d'un peu porteur d'espoir ? Qui j'étais pour juger ?

— On n'a jamais retrouvé les corps de mes parents, elle m'a dit en regardant fixement la tombe grise.

J'avais trouvé de la classe aux parents d'Erwan. Ils avaient évité la photo figée de l'adolescent mort tragiquement. Nous ne pouvions pas regarder ce portrait de lui qui n'était plus.

— Parfois, je me dis que ça va peut-être me manquer de ne pas avoir une tombe où aller les voir. Comment je vais parler de mes parents à mes enfants ? Comment ils sauront qui ils étaient ?

Je suis resté sur le cul. Même si son questionnement n'était pas incongru, sa remarque me permettait de comprendre où elle était, là, à ce moment-là. Elle était dans la merde. Perdue dans ses extrémités. Ses parents perdus, ses enfants pas encore nés. Cette histoire déjà cassée aux deux bouts.

Je crois que c'est sa détresse là, à ce moment-là qui m'a fait comprendre complètement : voilà, c'était mon boulot, ma mission, de l'aider. C'était pour cela qu'on s'était retrouvés. C'était pour que je joue ce rôle-là que nos chemins s'étaient recroisés dans ce putain d'aéroport parisien. J'ai fait un pas de côté, pour être plus près d'elle. Plus près de ce corps en imperméable très chic et très froissé. Et j'ai glissé ma main jusqu'à la sienne. Comme un adolescent, timide, si effrayé encore, j'ai touché la peau de sa main puis mes doigts ont agrippé les siens. Elle a tourné les yeux vers moi, légèrement surprise, mais sa main ne s'est pas enfuie. Elle est restée blottie au creux de la mienne et Anna a souri.

Le lendemain, nous avons repris la route pour Paris. Notre escapade n'avait pas été très longue, mais il nous fallait l'arrêter déjà. Anna devait reprendre le boulot, j'avais des engagements de mon côté et notre parenthèse, aussi courte qu'elle

274

ait été, avait été utile : nous nous étions reposés et surtout, nous nous étions extraits de ce quotidien pesant de ces derniers jours parisiens. À mesure que la voiture avalait les kilomètres sur l'autoroute, j'angoissais un peu sur notre retour dans l'appartement où nous avions abandonné nos souvenirs douloureux. Mais voilà, j'étais quand même regonflé par l'espoir. Les peurs d'Anna allaient repartir d'où elles étaient venues. Il fallait juste donner un peu de temps au temps et puis nous étions début juin, nous allions vers l'été, le beau, les vacances et ce serait une nouvelle manière de nous retrouver, nous apaiser. Bref, j'étais à côté de la plaque. Terriblement loin de la réalité.

C'est après le péage de Saint-Arnoult, après de longues heures de route et si proche du but, que c'est arrivé.

— Ça ne va pas être possible, je l'ai entendue murmurer.

— Quoi ?

— Je... Je ne vais pas y arriver... On ne va pas y arriver.

J'ai essayé de croiser son regard, mais elle était tournée de l'autre côté et je devais me concentrer sur la route autant que faire se peut. Ses mots, son ton, rien ne me plaisait. Mais j'ai essayé de garder mon calme et mon cap.

— Qu'est-ce qui ne va pas être possible ?

— Nous deux. Là. Je n'ai jamais pensé que tu étais l'homme de ma vie. À l'époque, j'étais vraiment amoureuse de toi, c'est sûr, j'avais des fourmis dans le cœur à force de t'aimer. Mais le truc, c'est que je n'étais pas assez naïve pour penser que nous, ça allait durer toute la vie. Je n'ai jamais cru à ces histoires-là. Alors, revenir en arrière et penser qu'on peut tout reprendre, ça sonne un peu faux pour moi. Je suis triste, à un moment de ma vie où je ne peux pas me faire confiance vraiment. Je crois que n'importe qui me cajole, je peux en tomber amoureuse. Ça ne voudra pas dire que je l'aime.

Elle m'a balancé ça à toute vitesse et moi je suis resté sans voix. Essayant, tentant, échouant à bien comprendre ce qu'elle venait de me dire. Je n'y parvenais pas.

— Ça veut dire que nous deux, c'est quoi depuis tous ces mois ? j'ai fini par réussir à demander.

— Disons que se faire cajoler par un amoureux du passé, c'est un peu comme retrouver un doudou. C'est régressif. Mais fondamentalement, je ne crois pas aux premiers amours qui reprennent ou qui durent, c'est un cliché romantique, je n'y crois pas.

— Si je puis me permettre une remarque désagréable, tu ne crois plus à grand-chose en fait, j'ai dit cyniquement en réponse à son propre cynisme.

— Ouais peut-être que c'est ça. Ça, j'y crois.

Elle bloquait tout. Elle empêchait la vague des sentiments de l'atteindre, de la submerger. Elle remontait bien en haut dans sa tour pour être à l'abri de l'eau, du courant. Elle se desséchait.

Et en même temps il m'était impossible de lui en vouloir. Je me disais même qu'elle avait sans doute raison. Si on n'était pas deux à y croire très fort, ma propre conviction ne suffisait pas. Je n'avais jamais été un croyant. J'avais beaucoup compté sur la foi des autres. Et la sienne à notre jeune époque. Si elle n'y croyait plus, qui étais-je pour la contrer ? Elle ne mettait au jour que mes propres doutes. Et fragilisait mon édifice.

— Alors quoi ? On décide quoi ?

Elle a haussé les épaules.

— De s'en tenir là. Tant pis.

J'ai regardé mes mains qui serraient fort le volant. Voilà. Elle me filait entre les doigts, elle s'échappait. Elle y arrivait. À notre point de non-retour. Soudain cela m'a frappé en plein visage.

— Moi je ne décide rien, Anna. C'est ton choix, ce renoncement. Je ne veux pas ça du tout, moi.

— Julien, je suis...

— Ah non ! Surtout ne prononce pas ce putain de mot « désolée ». S'il te plaît, évite-le parce que j'en ai rien à foutre que tu sois désolée. Par contre j'en ai à foutre que tu nous abîmes tous les deux. J'en ai à foutre que tu nous abandonnes. Tu es en train de faire la même connerie que moi y'a longtemps. Tu ne comprends pas, mais un jour tu sauras et tu regretteras.

— Peut-être, elle a admis. Mais c'est comme ça.

— Non ce n'est pas comme ça. Non ce n'est pas peut-être. Et je ne veux surtout pas que tu te croies tirée d'affaire en me plantant là maintenant. J'ai grandi. Je ne suis plus ce petit con qui ne comprenait pas notre valeur. Alors je vais t'attendre, Anna. Je vais attendre tout ce qu'il faudra. Et peut-être pour rien, mais ça, c'est moi qui vais le décider. Donc non tu n'es pas en train de me quitter. C'est moi qui décide de t'attendre. Jusqu'à ce que tu ailles mieux, jusqu'à ce que tu veuilles que ton monde aille mieux.

PARIS

I wish you health and wealth and a white house on a
hill and I
I hope you raise a family
Little boy and a little girl, a little more joy in this little
old world
Well, that'd be enough for me.

JUDE, *I Do*, 1998

Chapitre 1

Deux mois et demi déjà. Depuis ça. Depuis ce retour à Paris qui avait mal fini. Il ne m'a pas fallu longtemps pour comprendre que ma belle déclaration, au fond, c'était juste de la fierté. Je venais de me faire larguer. Une nouvelle fois, et plutôt en beauté. Je pouvais bien dire que même pas vrai et que presque pas mal, dans les faits, Anna était vraiment partie ce jour-là. Et j'étais seul. À nouveau. Mais avec une solitude qui pesait des tonnes. Un poids permanent. Un brouillard constant.

Quand le lendemain elle était repassée chercher ses affaires avec l'ami Vincent, Marc était venu me sauver de moi-même. C'est là que j'ai pu constater qu'elle était venue avec presque rien. Que son installation sentait l'éphémère depuis le début et que je n'y avais vu que du feu. Car elle était là depuis à peine une heure qu'elle était déjà prête à repartir. Elle me regardait sans difficulté. Elle me parlait calmement. J'avais envie de me jeter sur elle de colère et d'amour. Je n'ai rien fait.

J'ai refermé la porte derrière eux, sans même la claquer, et puis Marc m'a regardé pleurer.

Mais je ne suis pas tombé. Je ne me suis pas effondré. Moi aussi, j'avais morflé. Moi aussi, j'avais connu cette zone d'où l'on croit qu'on ne reviendra pas. Et j'avais donc décidé consciemment de ne pas y retourner, de tout faire pour l'éviter.

— Qu'est ce que tu vas faire maintenant ?
— La récupérer, j'ai dit, en essuyant mes larmes.
— Vrai ?
— Évidemment.
— Comment ?
— J'en ai pas la moindre idée.

Évidemment, je n'avais aucun plan parce qu'on n'était pas au cinéma, dans une comédie romantique. On était dans ma vie bien réelle et bien normale. Pas de quoi faire un scénario intéressant. Pourtant il y avait un certain nombre de faits qui me donnaient de l'espoir.

Fait numéro un : Anna était en sécurité. Elle vivait chez Vincent. Sans doute temporairement, le temps de récupérer son appartement de la rue des Martyrs qui était loué. Mais elle était donc bien entourée par son éternel confident : le grand et sage Vincent. Il allait veiller sur elle, il allait l'aider. Il allait la supporter aussi et faire face à son côté chiant, mais il l'aimait. Et ça comptait.

Fait numéro deux : Anna m'avait quitté parce que la tristesse l'avait submergée à nouveau. Appelez ça dépression, stress post-traumatique, troubles psychologiques. Peu m'importaient les termes, je décidais de dire tristesse pour simplifier. Anna était triste, j'avais provoqué sans le vouloir une partie de cette tristesse, mais je voulais croire qu'il y avait toujours du soleil après la pluie. Toute notre histoire depuis exactement le 11 octobre 2001 en avait été la preuve. Et cela pouvait continuer. Il fallait juste attendre le soleil. Il fallait juste prier pour qu'il réapparaisse dans un délai raisonnable parce que, d'ici là, j'allais me consumer de solitude sans Anna auprès de moi. Je l'aimais.

Fait numéro trois : Anna pouvait aller mieux et revenir. Ça, ça faisait en réalité deux faits. Si je croyais vraiment au premier, le deuxième était le plus incertain. Il me semblait qu'il manquait d'un peu de quelque chose pour que cela devienne certain. Et honnêtement, je n'ai pas trouvé tout de suite la solution.

Et pour cause, pendant un bon moment, j'ai été occupé à deux activités : l'apitoiement sur soi et la recherche de contact avec ma cible pour savoir comment elle allait. J'ai d'abord téléphoné. Nos échanges ont été brefs et je n'en tirais aucune certitude. Puis j'ai remplacé les coups de fil par des SMS. De temps en temps. Gratuits ou soi-disant. Parce que bien sûr, ils n'étaient pas désintéressés. J'écrivais « Je pense à toi ». J'écrivais « Comment vas-tu ? ». J'écrivais « Tu me manques ». Parfois, elle me répondait, mais la plupart du temps, il n'y avait que du silence. Que du vide. Et ça me blessait comme un chien. Quand je sortais dans la ville, c'était pire. Paris était envahie de fantômes. À chaque carrefour, à chaque terrasse, je croyais, je voulais la voir. Mais ça n'arrivait pas et mes pas se faisaient plus lourds sous la chaleur qui avait pris la ville en otage.

Et puis en traînant ainsi un après-midi de juillet, ça m'a traversé l'esprit. Anna avait été blessée par la vie. Des événements récents avaient accentué, rouvert ou provoqué des nouvelles blessures et la confiance s'était barrée, et je devais faire un truc qui participe à la faire revenir. J'ai fini par comprendre qu'à sa manière à elle, elle avait besoin de croire en moi. Elle avait besoin que je sois là et pour tout le temps même si elle devenait triste, même si elle prenait des antidépresseurs, même si elle cauchemardait et se bouffait les ongles ou buvait trop de verres de vin rouge le week-end ou le soir. Elle avait besoin d'une certitude. Elle ne voulait pas des paroles vaines qui répètent que la vie allait être sans accrocs à partir de maintenant, que rien de grave n'arriverait plus, que les emmerdes, c'était fini. Non, ça, elle savait jusqu'au fond de son ventre et de son cœur et de son cerveau que ce serait une promesse de fou. Par contre, elle voulait la certitude que moi, auprès d'elle, c'était peu importe ce qui nous arriverait. C'était du solide. C'était du permanent.

Et l'idée du permanent, ça me parlait.

J'ai choisi une calligraphie, et plusieurs fois je l'ai reproduite moi-même sur une feuille de papier afin de trouver la meilleure façon de combiner les dessins puis, un matin, j'ai poussé la porte du professionnel qui l'écrirait pour moi sur ma peau. Deux heures plus tard, j'avais ces quatre lettres sur le cœur, mêlées à mon premier tatouage réalisé à la naissance de Malo : Anna dans l'infini. J'avais trente-trois ans et je venais de faire une connerie de gamin romantique. Celui que j'avais toujours dit que je n'étais pas. Et cela me plaisait.

Ensuite, il a fallu que j'attende la cicatrisation du bordel. Et c'est comme tout, il me semblait que ça m'obligeait à donner du temps au temps. Et que c'était plutôt pas mal parce qu'en y regardant de plus près, j'avais quand même avancé le pied au plancher depuis nos retrouvailles et peut-être que cela n'avait pas participé à calmer le jeu non plus. Se retrouver, habiter ensemble, lancer un bébé, tout cela en moins d'un an. Si les gens normaux faisaient tout ça plus calmement, il y avait peut-être une bonne raison. L'heure était donc à l'introspection et au repentir. Et pendant cette cicatrisation, tandis que j'étais en vacances avec Malo, Marc, la Choupie de Marc, bientôt sa femme en fait, vu que le mariage approchait, au fin fond de l'Aveyron, j'ai réalisé autre chose qui ne m'avait pas semblé pertinent sur le moment mais qui me sautait aux yeux à présent. Anna avait été amoureuse d'Oliver avant moi (et après moi en fait aussi). Et quand elle m'en avait parlé, je n'avais pas assez compris à quel point leur rupture était associée à sa faiblesse. Incapable de faire face et de trouver des moyens de l'aider quand elle était si mal et si désespérée de la mort de ses parents, Oliver avait appelé à l'aide Marie, sa sœur, et en même temps mis en place les conditions de leur séparation. Et il n'y avait pas d'inconnue dans cette équation : la faiblesse d'Anna était exactement égale à l'abandon d'Oliver. Point barre. C'était simple, mais redoutablement efficace. Et ça s'appelait bien un traumatisme. J'avais bouclé la boucle sur les raisons pour lesquelles Anna était partie. Et ça renforçait ma stratégie.

Bon, ça n'était pourtant pas aussi simple parce que lorsque j'ai mis mon projet à exécution et que j'ai été ce type qui met dans une enveloppe une photo d'un tatouage en gros plan, je me suis soudain dit que tout ça était quand même à la fois puéril et dérisoire. Et que même si je ne regrettais pas ces quatre lettres sur mon cœur, il y avait quand même peu de chance qu'elles parviennent à la reconquérir. Ça me paraissait bien mince. Et ça n'a pas manqué de se confirmer, car presque trois semaines après l'envoi de mon courrier, je n'avais aucune nouvelle d'Anna. J'étais rentré à Paris, nos vacances d'été avec Marc et Malo étaient finies et si mon tatouage était à présent parfaitement cicatrisé, mon cœur lui restait à vif.

Une semaine avant le mariage de Marc et de Choupie, le soir de l'enterrement de vie de garçon de Marc, j'ai pris la plus grosse cuite de la décennie et je l'ai maudite en silence. Et tandis que nous faisions les cons, d'un bar à l'autre, d'un bar à hôtesses à l'autre pour être dans le thème, je me demandais si ce n'était pas le moment de l'appeler pour avoir une explication. Heureusement que Marc m'a envoyé chier en disant qu'il était le personnage principal de cette soirée et qu'il ne voulait pas que je vienne polluer le moment avec mes histoires. Son agacement, exagéré, a empêché un appel d'ivrogne aigri. Et j'ai passé le lendemain à me maudire pour cette gueule de bois et à arrêter de penser à Anna pour une fois.

Voilà j'étais un homme amoureux et malheureux. J'avais essayé de nous reconnecter sans succès. J'avais dit que je l'attendrais, mais je commençais à me dire que cela n'avait pas de sens puisqu'elle n'avait montré aucun signe depuis trois mois. Est-ce que j'étais l'homme qui allait l'attendre en vain ?

Chapitre 2

Il y avait eu plusieurs épreuves préalables. Le choix du costume par exemple. Marc avait été totalement flippé par cette histoire. Plus habitué à passer son temps en jean et T-shirt dans son restaurant, il avait absolument voulu que je le conseille sur cet aspect, compte tenu de mes compétences à propos de l'élégance. Pour une fois, mon statut de tafiole était un atout à ses yeux. Alors plusieurs fois, on avait fait ensemble les magasins de fringues, à la recherche de la tenue parfaite. J'avais mes entrées dans quelques boutiques de la rive gauche, mais j'ai tout de suite compris que cela faisait partie des angoisses de Marc, les lieux chic et branchés. Alors pour finir, un matin, je l'avais traîné chez un vieux monsieur qui tenait une boutique dans mon quartier du Sentier. C'était un tailleur pour hommes comme il en existait sans doute depuis des lustres dans le monde entier. Dans cet endroit, ni chic, ni branché, ni rien, Marc s'est détendu et il avait trouvé, auprès de ce vieux monsieur, le soutien qu'il cherchait. Et nous avions conclu affaire. Ouf.

Les autres épreuves avaient été nombreuses. Plus le temps passait, plus ce mariage constituait l'épreuve ultime après une série de tests préalables. C'est dire, Marc somatisait et commençait même à perdre des kilos de stress. Évidemment quand le jour J a presque été là, Marc n'en pouvait plus. Pourtant, je dois dire que sa Choupie Clémence était vraiment clémente avec lui.

Ils avaient tenu à se marier à Paris. À la mairie de leur arrondissement, dans le Xe. À le faire de façon simple : une cérémonie suivie d'un bon repas dans le restaurant de Marc. C'était efficace, pratique, évident.

Marc avait passé des semaines à imaginer le menu et à choisir les vins qu'il servirait à ses invités. C'était sa façon à lui d'investir son mariage et j'avais, je crois, goûté au moins quatre versions du menu. Un petit groupe viendrait ensuite jouer live, on pousserait les tables pour danser jusqu'au bout de la nuit. Je n'avais aucune intention, là, maintenant, d'un jour me remarier, mais dans le fond, je trouvais qu'ils avaient trouvé la formule parfaite pour le faire. Et plus les préparatifs se précisaient et plus le grand jour approchait, plus j'étais renvoyé à mes échecs en la matière. Incapable de garder la femme que j'aime. Incapable de la faire revenir. Incapable de bout en bout.

Le jour J est arrivé et, en tant que témoin, je me sentais responsable du bon déroulement de la journée. J'étais fier que Marc m'ait choisi parmi toutes les options qu'il avait eues. J'étais heureux d'être le type choisi pour témoigner du mariage de cet autre type que j'aimais profondément. Marc avait été le témoin de mon mariage à moi, cela dit. Et cela dit, j'aurais pu lui inspirer la fuite, tant mon modèle n'était pas réjouissant. Mais non, il m'avait tout de même choisi. Et j'en étais fier.

Quand je l'ai accueilli devant la mairie du Xe, rue du Faubourg-Saint-Martin en ce samedi matin, il arrivait main dans la main avec sa Choupie. Ils étaient beaux, rayonnants, un peu intimidés d'être au centre de notre attention, terriblement touchants. Ils étaient en avance et là, sur le trottoir, au milieu de l'activité de la rue, ils saluaient leurs invités, les remerciaient d'être là. Puis Marc s'est finalement arrangé pour me prendre à part.

— Qu'est-ce qu'il y a, j'ai fait en voyant son regard s'assombrir, tu veux plus le faire ?

— T'es con. Bien sûr que si.

— Pourquoi cette tête ?

— J'ai un truc à te dire.

J'ai tout de suite compris que ça allait être du lourd.

— C'est à propos d'Anna, il a dit très vite. Elle m'a téléphoné hier pour s'excuser de répondre si tard, mais me prévenir qu'elle acceptait notre invitation. Elle va être là, au mariage.

J'ai senti mon ventre se tordre en même temps que mon cœur s'emballait. Puis, d'instinct, j'ai commencé à regarder la rue, la foule, les gens en la cherchant.

— Ça veut dire que je vais la voir ?

— Faut croire.

— Oh bordel, je vais perdre mes moyens et être le pire témoin du monde.

Marc m'a pris dans ses bras et m'a serré très fort. Il me calmait, il me recentrait. Et voilà, c'était son mariage, son joli et grand jour, et il parvenait à faire de moi la personne la plus importante à cet instant.

— Je ne peux pas prédire le futur, il a dit en me relâchant, mais elle avait l'air bien... Elle était bien au téléphone.

— Tant mieux, j'ai murmuré, c'est le plus important.

Et bien sûr, à peine trois minutes après, je l'ai vue arriver. Mon Dieu, mais qu'est-ce que j'allais faire d'elle ? Elle avait éclairci ses cheveux. Ça lui allait plutôt bien. Elle avait un peu maigri, ça lui allait toujours bien. Elle me cherchait des yeux dans la petite foule et ne me trouvait pas, car j'avais gravi les marches et m'étais réfugié sous les arcades de la mairie style Renaissance, en retrait. Je voyais bien qu'elle était mal à l'aise, stressée, je devinais tout l'embarras qui était le sien, et moi, du haut de mes marches, j'étais comme tétanisé. Dans la foule, j'ai fini par croiser les yeux de Marc. Il m'a souri, passant son regard de moi à elle. Puis il a fait un mouvement du menton pour m'encourager à y aller, à foncer, à ne pas hésiter, à ne pas avoir peur, à être à la hauteur, à prendre la dame, à faire échec et mat, à foncer vers la vie. Je lui ai souri à mon tour et j'ai dévalé les marches sans pouvoir ôter ce sourire de mon visage.

Nous sommes sur deux sièges, côte à côte. Pas trop loin des mariés, compte tenu de mon statut de témoin qui va aller signer tout à l'heure le registre de la mairie. Nous sommes assis, bien droits, silencieux, attentifs à la cérémonie. Nous écoutons l'adjointe au maire avancer pas à pas dans son discours très administratif. Et puis Anna me surprend en glissant son bras vers moi et saisit ma main dans la sienne, sans cesser de regarder Marc et Choupie devant nous. Je soupire d'aise. Voilà, je l'ai retrouvée. Et sans la regarder, je serre sa main plus fort dans la mienne. Mes yeux se posent sur nos doigts liés et je ne peux pas m'empêcher de porter sa main à mes lèvres pour l'embrasser. Et c'est à ce moment-là que je l'aperçois. Je ne suis pas sûr alors je vérifie en tournant légèrement son poignet. Oui, je n'avais pas rêvé. Une minuscule ancre, un joli infini et six lettres calligraphiées, sur la face intérieure de son poignet. Elle nous a tatoués. Elle a fait ce truc stupide, elle aussi. Je tourne mes yeux vers elle, de surprise. Elle répond timidement à mon sourire puis hausse les épaules. Oui, elle peut être aussi puérile que moi. Elle peut être capable de tatouer le prénom du garçon qu'elle aime sur son corps. Être capable de venir vers lui avec cette simple question « Juste, pour savoir, tu m'attends toujours ? » Être capable d'être optimiste à nouveau. Être capable d'assumer la peur. Être capable de vivre.

Épilogue

J'ai trente-trois ans.
Je suis le père de Malo, six ans.
Je suis l'amoureux d'Anna Sobieski, trente ans.
Je suis heureux.

Avec septembre, Anna m'est revenue, et cet été sans elle auprès de moi, sans moi pour elle, nous l'avons effacé, à la tendresse de nos baisers et à la passion de nos nuits d'amour. Anna m'est revenue, peut-être un peu plus forte et sûre d'elle, surtout plus claire avec elle-même. Elle a changé.

Elle m'a dit qu'elle se souvenait de son épuisement pour cette vie qui l'avait une fois de plus privée d'un quelqu'un qu'elle aimait déjà très fort. Ce bébé parti.

Elle m'a dit qu'il lui avait fallu un coupable et qu'elle avait vu en moi la personne idéale pour ce rôle-là. Elle avait espéré que je me lasse, que je sois conforme avec le modèle habituel. Que moi aussi, je sois celui qui abandonne. Mais elle s'était trompée.

Elle m'a dit que Vincent avait attendu une semaine avant de lui dire ses quatre vérités et quand il avait fini de la pourrir en dépit des sanglots et de la colère, elle avait fini par demander à être aidée. Pour cela, elle s'était trouvé une nouvelle amie, une Madame Psy à qui elle donnait 75 euros chaque fois qu'elles se parlaient. D'après elle, c'était le meilleur investissement qui soit, pour elle-même et pour les gens qui l'entouraient.

Elle m'a dit qu'elle m'aimait depuis ses treize ans et que, même quand elle avait dû renoncer à moi, elle m'avait gardé dans sa tête, dissimulé dans un petit coin secret qu'elle allait visiter de temps en temps.

Elle m'a dit qu'elle avait commencé à faire la paix avec ses morts.

Elle m'a dit qu'elle était en train de faire amie amie avec la vie.

Elle m'a dit que j'étais la vie.

Elle m'a dit...

Vous avez aimé

Et tes larmes retenir ?

Découvrez le nouveau roman de

Charlotte Orcival

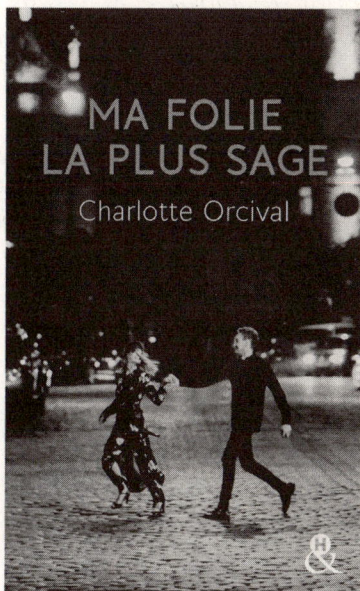

MA FOLIE
LA PLUS SAGE

Charlotte Orcival

Composé et édité par HarperCollins France.

Achevé d'imprimer en décembre 2018.

CPi
BLACK PRINT

Barcelone

Dépôt légal : janvier 2019.

Pour limiter l'empreinte environnementale de ses livres, HarperCollins France s'engage à n'utiliser que du papier fabriqué à partir de bois provenant de forêts gérées durablement et de manière responsable.

Imprimé en Espagne.